Tabla

duas mulheres em uma

Nawal El-Saadawi

Tradução **Beatriz Negreiros Gemignani**

Para todos os rapazes e moças na flor da idade: que percebam, antes que seja tarde demais, que o caminho do amor não é coberto de rosas e que as flores em botão, quando se abrem à luz do sol pela primeira vez, são atacadas por enxames de abelhas que sugam suas pétalas macias. Se as flores se rendem, são destruídas, mas, se resistem e trocam suas pétalas macias por espinhos afiados e pontudos, conseguem viver em meio às abelhas famintas.

Nawal El-Saadawi
março de 1975

Era dia 4 de setembro. Ela pôs o pé direito na borda da mesa de mármore e o esquerdo no chão. Uma postura que não condizia de modo algum com o fato de ser mulher — ainda não era uma mulher aos olhos da sociedade; tinha dezoito anos. As roupas das moças naquele tempo não lhes permitiam aquela postura. As jovens vestiam um tipo de saia que envolvia as coxas, apertando-as, e se estreitava nos joelhos, e assim as pernas ficavam sempre coladas, quer as moças estivessem sentadas ou de pé. Mesmo quando elas andavam, as pernas nunca se separavam como na passada comum dos seres humanos. Executavam, em vez disso, um movimento circular estranho: os pés se moviam pelo chão, enquanto as pernas permaneciam coladas e os joelhos grudados, como se comprimissem entre as coxas algo que tinham medo de deixar cair.

Ela — apesar de ser uma jovem — ficava aturdida e desejava saber o que era essa coisa que podia cair de uma moça assim que afastasse as pernas. Com uma curiosidade natural, seus olhos estavam sempre investigando e observando aquele movimento de minhoca das moças quando andavam.

Sua aparência não era muito diferente da das outras, porém ela vestia calças e tinha pernas longas, com ossos sólidos e músculos fortes. Conseguia avançar quando andava, movia as pernas com liberdade e as separava com confiança.

Ela estava sempre entre as moças, em escolas e classes de meninas. Até seu nome se encaixava nas especificações de menina: Bahiya Chahin. Bahiya, que terminava em "a", um signo que a vinculava à categoria de menina como uma marca a ferro e fogo.

Como a mente humana era incapaz de compreender a verdade das coisas, ela ficou conhecida por todos como Bahiya Chahin. Contudo, sua verdade não era conhecida por ninguém.

As pessoas ficavam aturdidas quando ela andava: havia uma distância visível entre um joelho e outro. Bahiya reparava que fitavam essa distância, mas, fingindo não notar, prosseguia sua caminhada, movendo as pernas e separando-as. Avançava, com veemência, cada pé no chão — uma força que, sem dúvida, percebia não pertencer a Bahiya Chahin.

Naquele dia, ela completava dezoito anos. Estava em sua postura natural — anormal na visão da sociedade —, o pé direito na borda da mesa de mármore e o esquerdo no chão. Uma postura que nenhuma moça daquele tempo conseguia manter — tampouco um moço —, pois demandava pernas com um alto nível de confiança na flexibilidade dos músculos e na força e solidez dos ossos. Na maioria dos casos, as pernas dos moços eram tortas, devido à desnutrição na infância, e eles não tinham capacidade de erguer um pé e apoiá-lo na borda da mesa alta de mármore enquanto mantinham o outro pé no chão. O máximo que conseguiam fazer era erguer um dos pés e apoiá-lo na borda do banquinho baixo de madeira. Ela via a maioria dos moços ficar naquela posição, que era a normal e permitida para o sexo masculino.

O único que conseguia levantar mais o pé e apoiá-lo na borda da mesa era o dr. Alauí, o professor de anatomia. Ele passava pelas mesas com seu jaleco e os óculos brancos. Quando parava diante de uma mesa, os alunos baixavam o pé dos banquinhos, ajeitando-se numa posição ereta diante dele, as pernas quase coladas. O professor, por outro lado, erguia o pé para o alto, no ar, apoiava-o com toda a confiança na borda da mesa e mirava fixo nos olhos dos estudantes, com olhos azuis que não piscavam.

Quando ele parava na mesa de Bahiya, ela não baixava o pé. E quando ele cravava os olhos azuis nela, Bahiya fixava os olhos pretos nele. Ela sabia que a cor preta era mais forte do que a azul — ainda mais nos olhos. O preto era a origem, a raiz abismal extensa nas profundezas da Terra.

Entre os dedos branco-avermelhados do professor, sobressaía o fórceps de metal, que ele mergulhava na barriga aberta do cadáver — ou no braço, na perna, na cabeça, no pescoço. Agarrando uma coisa qualquer com as extremidades finas do fórceps, perguntava com uma voz estridente: “O que é isto?”. Sempre escolhia as coisas menores e mais finas. Uma veiazinha que corria sob um pequeno músculo, uma artéria fina escondida numa dobra de pele, um nervo, delicado como um fio de cabelo, que mal podia ser retido pelo fórceps.

Elas eram oito moças ao redor de um cadáver. Uma ou duas sabiam de cor e salteado o nome de veias, artérias e nervos. Assim que o dr. Alauí perguntava: “O que é isto?”, ressoava no necrotério uma voz feminina — estridente e baixa ao mesmo tempo — com o nome correto.

Todas as vezes ele olhava para Bahiya, esperando que respondesse, provando-lhe que sabia a resposta. Porém, ela se recusava — sem saber por quê — a ser posta à prova.

Naquele dia, 4 de setembro, ela sentiu que algo importante aconteceria em sua vida. Todo ano, naquela data, ela era tomada por esse sentimento. Quando abriu os olhos de manhã, viu o Sol brilhar de forma incomum e os olhos da mãe, mais penetrantes e brilhantes. Murmurou para si mesma: "Num dia como este, aconteceu uma coisa importante com minha mãe: ela me pariu". E toda vez Bahiya tinha a sensação de que algo mais espetacular ainda do que ter nascido aconteceria naquele dia.

Quando Bahiya sussurrava esse pensamento no ouvido da mãe, ela ria com aquela risada feminina comum naquele tempo, oculta na forma de suspiros intermitentes, e exclamava: "Deixe dessas asneiras, Bahiya!".

A mãe não a compreendia. Quando Bahiya a via em seu lugar habitual na cama, rastejava em silêncio para ficar a seu lado, tomando o lugar do pai. E, assim como ela o via fazer, punha seus pequenos braços em volta do grande colo da mãe. Tinha certeza de que só o corpo da mãe a entendia. E ajeitava os braços grandes da mãe em torno de si com uma força extraordinária, que quase a esmagava.

Naquela época, ela lia histórias infantis e contos de fadas. Num desses contos havia um deus terrível, adorado pelas pessoas numa cidade mágica. Esse deus era capaz de pegar qualquer coisa sólida, apertá-la e, ao abrir a mão... eis que estava vazia!

Ela se sentia, de modo instintivo, incomodada diante dessa força que ameaçava sua existência; não a compreendia na infância, mas pouco a pouco passou a entendê-la. Mais tarde, percebeu que conhecera essa força desde o momento em que descobriu que tinha um corpo próprio, separado do corpo da mãe.

Esse momento estava sempre vivo em sua memória. A dor dessa lembrança foi como a de uma faca dilacerando a carne, apesar de não ter sido uma dor verdadeira. Quando ela deu uma volta inteira com a mão em seu corpo autônomo, deu também um grande salto no ar, como um pássaro que voa de alegria. Mas ela não era um pássaro e caiu no chão, devido à gravidade da Terra. Desde aquela queda, conheceu o peso de seu próprio corpo, sabia que era mais pesado do que ela mesma, e que o chão a puxava com uma força maior do que a que tinha, como a dos braços da mãe, que a puxavam de volta. Com toda a força ela tentava fazer dos dois corpos uma coisa só — em vão, pois a separação eterna ocorrera num momento que passou e não voltará.

Desde a infância ela sentia a tragédia sobre seu corpo e a carregava consigo em cada passo, dentro de cada uma de suas células. Um desejo irrefreável de voltar de onde viera, de sair do campo da gravidade da Terra, de se tornar um corpo sem peso, sem superfície, sem limites externos que o separassem do entorno. Um desejo irrefreável de se dissipar como partículas de ar no universo e se desvanecer de modo completo e definitivo.

Ela fitava a imagem do deus do conto de fadas, examinava os grandes dedos que esmagavam as coisas com um simples aperto. Quando, de noite, acordava assustada, entrava sorrateiramente na cama dos pais, encaixando o corpo pequeno entre os corpos nus; porém, os grandes braços do pai a empurravam para longe, afastando-a com toda a força. A mãe olhava para ela com aqueles olhos pretos parecidos com os dela e dizia num tom carinhoso: "Vá para sua cama, Bahiya. Você já está grande".

A voz da mãe era carinhosa. Bahiya sentia aquele carinho como dedos macios, que circulavam delicados por seu corpo, dando uma volta completa, como se desenhassem suas linhas, seus limites com o mundo exterior. Ela chorava sozinha na cama por causa daquele carinho, que, ao tocá-la com delicadeza, certificava sua existência autônoma, seu ser separado. Soluçava com um choro oculto, que a sacudia e sacudia a cama. Um desejo irrefreável a consumia, o desejo de que esses dedos parassem com seu carinho falso, que a apertassem com uma força terrível, que a libertassem para sempre de seu corpo, fazendo dela e da mãe uma coisa só.

Fechou os olhos para dormir, mas não conseguiu. Foi tomada pelo medo de uma ideia estranha que lhe veio à mente: passaria a vida toda procurando esse momento ou fugindo dele. Escondeu a cabeça embaixo do cobertor, de tanto medo, e o quarto se encheu de fantasmas e deuses de contos de fadas, que abraçavam seu corpo para esmagá-lo; ela resistia com toda a força, dava pontapés e mordidas, gritava pedindo socorro ao pai e à mãe.

Seu grito não expressava um medo verdadeiro; era uma farsa que usava para enganar a mãe. Aprendera com ela a enganar; a mãe lhe mentia, dormia com ela em sua cama e lhe dizia que não a deixaria, mas, no meio da noite, Bahiya a sentia sair sorrateiramente da cama e ir para a cama do pai. Então, enganava a mãe, por sua vez; sabia como gritar com uma voz tremida que dava dó, e a mãe vinha dormir na cama dela.

A mãe não entendia o desejo da filha; enchia a boca dela de comida, mas, assim que dava as costas, ela cuspia a comida no prato. Ficava espantada: como sua mãe não entendia, apesar de ter sido como ela? Certa vez, Bahiya lhe fez essa pergunta. A mãe respondeu que não se lembrava de nada; ela percebeu, então, que as pessoas esquecem de propósito as recordações verdadeiras, enchendo a memória de coisas que não aconteceram.

Bahiya anunciou, com a inocência das crianças, que descobrira que era uma menina, e não um menino, despindo-se para provar a verdade. No entanto, a mãe bateu na mão dela, gritando: "Prometa nunca mais fazer isso!". Como ela não prometeu, a mãe bateu de novo, insistindo: "Prometa!". Mas ela não disse nada. A mãe ergueu a mão no ar e lhe deu uma bofetada. Ela não abriu a boca para dizer que prometia; o que abriu foi a mente para uma verdade estranha. Percebeu, ao apertar os lábios e baixar a cabeça, que os desejos que as pessoas prometem deixar de realizar são os únicos verdadeiros, pois são fortes; diferentes dos desejos não verdadeiros, que são fracos e não precisam de regras que os proíbam. Ela começou a vasculhar todas as proibições a seu redor para descobrir os desejos verdadeiros do ser humano. Tratava-se da busca para conhecer a verdade e nada mais; ela não queria nada mais do que isso.

Quando o dr. Alauí passou pela janela do necrotério com seu carro comprido, os olhos das sete colegas de Bahiya brilharam, as íris se movendo numa só direção. Porém, a íris preta enraizada nos olhos dela permaneceu focada naquela sensação estranha que a alertava de que tudo que era permitido não era verdadeiro. Uma das colegas cutucou seu ombro com um dedo pontudo: "Olhe!". Ela levantou a cabeça em direção à janela e viu o carro comprido, do qual despontava uma cabeça com olhos azuis um pouco esbugalhados. O dedo pontudo a cutucou no ombro de novo: "O que você acha, Bahiya?".

"A aparência dele não é verdadeira."

A colega bateu nas costas dela com a palma macia e disse em tom sarcástico: "Você é um caso perdido!".

E as sete bocas se abriram naquela risada feminina, oculta e intermitente, suspirando com uma privação incapaz de ser jamais saciada.

Bahiya ficou mais irritada com a privação delas do que com a risada; o sangue lhe subiu pelo rosto. Então, ela recolheu os bisturis e as ferramentas de autópsia, guardou-os na bolsinha de couro e saiu do necrotério. Andando ao ar livre, o cheiro de formol e dos cadáveres se esvanecia de suas narinas. Percebeu que não estava irritada com a privação delas nem com a risada; o que queria era murmurar ao ouvido de alguém sobre aquela sensação estranha que crescia como um feto em seu âmago ao longo do ano, acumulava-se dia após dia e se intensificava até atingir o auge todo dia 4 de setembro, certificando-lhe de que ela não era Bahiya Chahin.

Ela saiu da faculdade e caminhou pela rua Al-Kasr al-Aini; fitava os rostos como se buscasse o rosto verdadeiro dela. Parou na estação de bonde e percebeu que não procurava nada; estava exausta e com fome.

Sentou-se no bonde, com as costas coladas às costas de um homem; o rosto no rosto de um homem; à sua direita, um homem; à sua esquerda, um homem; e à sua frente, filas de homens sentados amontoados em silêncio. A metade inferior do corpo deles estava imóvel, petrificada nos assentos, e a metade superior balançava com um movimento lento e regular como o do bonde. Quando o bonde parava, a cabeça dava um solavanco para trás, fazendo-os abrir os olhos, assustados. Uma vez assegurados de que a cabeça ainda estava no lugar, fechavam os olhos e dormiam.

Todos eles eram funcionários públicos, pois a rua Al-Kasr al-Aini era abarrotada de ministérios e escritórios governamentais. O corpo deles tinha uma forma única, bem como seus traços, ternos, dedos e sapatos, como se fossem moldados pelo governo, cunhados como moedas em peças cônicas similares. Seus ombros estavam aglutinados e pendiam meio frouxos, apesar do forro grosso do paletó, como se carregassem um fardo eterno, invisível aos olhos, mas absolutamente presente. A prova disso era que de tempos em tempos moviam os ombros — um indício de que passavam o fardo de um ombro para o outro.

Estavam dormindo, mas o movimento dos olhos sob as pálpebras revelava para ela que não se tratava de um sono verdadeiro. Quando abriam os olhos e a olhavam, ela percebia que seu despertar também não era verdadeiro, tornando tudo neles e ao seu redor não verdadeiro. Caso seus lábios se abrissem, exibindo a língua, ela não saberia dizer se sorriam ou faziam careta; se movimentassem os dedos ao subir ou descer do bonde, ela não saberia dizer se trocavam cumprimentos ou ameaças. Tudo se mesclava, a coisa e seu oposto se assemelhavam: o sorriso era como a careta; o cumprimento, como a ameaça; a verdade, como a mentira; a virtude, como o vício; e o amor, como o ódio. Os movimentos, os traços e os sentidos se pareciam tanto a ponto de ela se sentir sufocada. Ela estendeu o pescoço para fora do bonde e inspirou o ar da rua; retomando sua respiração calma, percebeu como os governos deformavam as pessoas. O homem adulto ficava do tamanho de uma criança, porém os ossos do crânio expunham sua idade verdadeira; o terno e a gravata sugeriam que era da classe governante, mas seu andar revelava a verdade: era da classe dos governados.

Ela os via em todos os lugares. Eles enchiam as ruas, lotavam os bondes, entravam e saíam pelas portas, em saguões e prédios, com seu corpo pequeno, os ombros largos estofados, o crânio grande, as costas curvadas e os lábios sempre abertos num sorriso feito careta ou numa careta que era um sorriso. Seres humanos transformados por um poder potente, por uma força terrível, não humana, que os transformava em criaturas não humanas.

Ela desceu do bonde e andou em direção à casa. Viu à distância um homem parecido com os outros homens de ombros largos, crânio grande e costas curvadas; ela desviou o olhar e apressou o passo para entrar em casa. Contudo, ele a chamou pelo nome. Bahiya se virou e viu o rosto do pai. Sem dúvida, ele identificou um forte terror no rosto dela, pois seus olhos se alargaram de surpresa, e ele perguntou: "O que você tem, Bahiya?".

Ela escondeu o rosto com a mão e disparou para casa.

Seu rosto ainda estava pálido quando a mãe abriu a porta; ela não notou a palidez da filha. Bahiya sempre estava pálida e era difícil para uma mulher como a mãe conseguir distinguir os níveis de palidez; era uma capacidade rara, que exigia a habilidade de fitar por um longo tempo, e a mãe não conseguia fitar o rosto dela. Seus olhos não sabiam lidar com o olhar fixo da filha, que tomou esse fato como uma prova de que a mãe a enganava desde a infância. O pai também a enganava: ele aparecia diante dela alto e corpulento, as costas eretas, a mão grande e forte, capaz de esbofeteá-la, mas era apenas mais um dentre os milhares de funcionários do governo.

Dezoito velas acesas sobre a mesa branca. A mãe enchia sua boca de doces, mas, assim que dava as costas, ela cuspia tudo no prato. O pai sorria para ela, mas Bahiya duvidava de seu sorriso; o pai se tornara uma verdade duvidosa. A dúvida era feito uma vela de chama vermelha com uma ardência incisiva como agulha. Ela ainda se lembrava da ardência que sentira no dedo, naquela mesma mesa, quando havia ali só uma vela. Tinha apenas um ano, via a chama vermelha nos olhos como parte dela; seu corpo pequeno e delicado rastejava no chão, colado como se fosse parte dele. Ainda não havia sido separada do universo e seu braço não conseguia dar uma volta completa em torno do corpo; seu braço era pequeno e seu corpo grande, vasto, parecia preencher a enorme distância entre o teto e o chão. Ao estender a mão para explorar as pernas, não sabia se eram suas ou da cadeira. E quando viu a chama vermelha nos olhos, não sabia se a luz era da vela ou deles; atormentada pela dúvida, quis se certificar e estendeu o dedo, que foi queimado pelo fogo. Assim ela conheceu a diferença entre a chama e seus olhos, e por meio da dúvida e da dor os limites de seu corpo foram se definindo e seus membros adquiriram uma forma própria.

Ela ouviu a voz da mãe do alto da mesa branca, atravessando dezoito línguas finas de chama: "Feliz aniversário, Bahiya!". Ficou surpresa, não podia acreditar que chegara aos dezoito anos. O mundo deu a volta em si mesmo por dezoito anos? Ela não sabia de onde saíra essa pergunta, mas um fio de seda invisível atou seu ciclo com o do mundo. Ao fitar o disco lunar, viu fios de seda, que se estendiam como linhas que a puxavam para a Lua e que puxavam a Lua para ela; porém a gravidade da Terra era mais forte, e ela — entre a Lua e a Terra — parecia imóvel na superfície. No entanto, suas profundezas eram como um turbilhão efervescente, resistindo ser puxado de todo lado. Em seu interior, estourou algo pequeno e redondo como uma bexiga inflada, um ovo minúsculo, do tamanho de uma cabeça de alfinete, com apenas um olho que fitava e se estendia para a frente, procurando o momento eterno de conexão, para ser esmagado no universo e dispersado por completo.

O rosto dela ficou vermelho à luz das velas e o pai pensou que ela estava tímida como qualquer moça de dezoito anos. Mas ela não tinha dezoito anos e não era uma moça. "O que significa ser uma moça?", ela fez essa pergunta ao pai, à mãe e às colegas no necrotério. Quando o dr. Alauí ouviu a pergunta, penetrou o fórceps de metal na barriga aberta da mulher e segurou o útero: um triângulo pequeno de carne do tamanho de uma pequena pera, liso na superfície e enrugado no interior, a base para cima e o vértice para baixo.

Ele cravou os olhos azuis em seus olhos pretos e sorriu, mas ela não sorriu de volta. Então ele a puxou pela mão até a mesa ao lado e disse, em tom professoral: "Já o homem é isto". E segurou com a extremidade do fórceps o membro masculino; ela viu um pedaço de pele preta enrugada como um excremento velho.

Quando voltou para casa, sentou-se diante da mãe, pediu que ela fitasse seu rosto por um longo momento e depois questionou: "Eu sou a Bahiya?". A mãe soltou seu suspiro feminino eternamente reprimido e exclamou: "Deixe dessas asneiras, minha filha!". A mãe não a compreendia, mas ela entendia a mãe. Quando fitava os olhos da mãe por um longo tempo, conseguia ver seu útero, enrolado e acocorado na base de sua barriga. Ela observava seus músculos se contraindo e expandindo, numa pulsação rápida e contínua, como o pulso do mundo no calar da noite, num movimento invisível e imperceptível como o da Terra. Ela desejava apertar com toda a força aquele útero a fim de parar seu movimento rápido e louco, para que se calasse para sempre. Contudo, a mãe desviou os olhos para o chão; ela não era capaz de olhar por muito tempo nos olhos da filha. Em suas profundezas havia algo que escondia dela, que enterrava nas próprias dobras, embrulhado por camadas de suas entranhas, para que ficasse invisível e seu movimento, infinitamente oculto e eternamente secreto.

Eterno era uma palavra que ela não sabia o que significava, pois um dia se seguia ao outro, a rotação da Lua era acompanhada pela circulação do sangue em suas veias e pela célula inflada em suas profundezas, que estourava no mesmo instante. O ovo minúsculo dava uma volta em torno de si mesmo de forma rápida e louca como a rotação da Terra, fitando com seu único olho o universo e procurando a própria aniquilação... em vão. A frustração se repetia toda vez, com a rotação inútil da Lua, e a raiva se acumulava em suas profundezas feito sangue quente, concentrava-se e girava com o ciclo do tempo dentro do domínio de seu corpo. Ela a sentia com convicção em suas células, uma sensação altamente urgente, anunciando que algo importante aconteceria com ela certo dia, em um dia específico e definido.

Ela não tinha o hábito de usar um diário, tampouco olhava para o calendário pendurado no quarto do pai, que todo dia puxava dali uma folha. Ele a arrancava do mesmo jeito e no mesmo instante toda manhã, fazendo com a folha uma bolinha entre os dedos, mas ela a jogava para longe e gritava na cara dele: "Deixe ela em paz!". Dessa vez, antes que o pai erguesse sua grande mão para a folha, ela desejou estar enganada e que o Sol não brilhasse mais do que o habitual e que os olhos da mãe estivessem como todos os dias e que aquela sensação estranha que tomava conta dela fosse apenas mais uma de suas diversas e variadas ilusões. Ela se virou e deixou o pai puxar a folha como sempre fazia, mas ele não a puxou. Ela ouviu a voz do pai às suas costas dizer: "Feliz aniversário, Bahiya!". Ela girou o pescoço num movimento rápido e violento; os olhos deram com o número 4 na folha branca e o sangue fugiu de seu rosto, deixando-a pálida.

Ela olhava para os lados ao andar na rua. Quando ouviu uma voz atrás dela, como se alguém a tivesse chamado, parou e se virou. Percebeu, depois de um momento, que chamavam outro nome similar a Bahiya, algo como Wafiya, Naguiya, Aliya ou Zakiya.

Quando subiu no bonde, teve a impressão de que alguém entrou atrás dela, como se a tivesse seguido. Quando desceu na rua Al-Kasr al-Aini, ela ouviu passos e, ao atravessar o portão da faculdade, ele também atravessou.

No largo pátio lotado da faculdade, ela o perdeu; as vozes e feições se mesclaram. Ela se sentiu afundando no mar sozinha, sem que ninguém a visse nem a distinguisse. Seu rosto se tornou como o de suas colegas, não havia diferença entre Bahiya, Aliya, Suad ou Ivone. Naquele momento, entendeu o significado verdadeiro da morte; ela procurava a morte nos cadáveres do necrotério, mas a morte era como a vida, não vivia nos cadáveres. A morte vivia apenas na mente viva, cheia de vida, capaz de captar a menor sensação, a mais oculta e secreta, como a sensação de perda que uma partícula de ar sente ao flutuar no universo, resistindo a se perder entre milhares de partículas, ou como aquele desejo contido que uma gota d'água sente quando resiste a se dissolver na água do mar. A resistência louca e desesperançada no auge da frustração, que produz a resignação completa como o silêncio eterno. Quem olhasse para o rosto dela naquele momento pensaria que era cega e muda, que seu corpo era imóvel, apesar de seus pés se moverem no chão, um atrás do outro. As coisas, para seus olhos, tinham uma só cor e uma única forma; os corpos, os movimentos e as vozes eram todos parecidos. Ela se viu correr sem se dar conta, fugindo do pátio da faculdade, fugindo da semelhança morta, de dentro e de fora, em seu corpo e no mundo exterior.

Havia um lugar pequeno, um canto isolado, do lado oposto da cerca da faculdade, atrás do prédio enorme, aonde ela costumava ir. Havia ali um banco de madeira sem encosto. Ela se sentava inclinada para a frente, fitando um pedaço do chão do tamanho de uma palma, onde, ao contrário de seu entorno, não crescia grama verde e se mantinha da cor do barro, com finas rachaduras pelas quais entravam e saíam milhões de seres minúsculos do tamanho de uma formiga.

"Bahiya!"

O nome ressoou estranho em seu ouvido, como o nome de outra. Deu um salto do banco, pondo-se de pé, e com o salto ela percebeu que tinha um corpo próprio, que podia mover e balançar sem que balançassem com ele outros corpos, e que ele tinha um nome próprio — caso ressoasse no ar, ela levantaria a cabeça, surpresa, e perguntaria: "Quem me chama?". Toda vez que ouvia o chamado se surpreendia; percebia, com uma sensação oculta, que alguém a chamava pelo nome, excluindo os outros nomes, reconhecendo o corpo dela entre milhões de corpos, distinguindo-a entre os bilhões de criaturas que flutuavam no universo.

O sangue fugiu de seu rosto e ela adquiriu uma palidez inumana, como a das estátuas esculpidas na pedra, ou do rosto dos cadáveres enfileirados nas mesas de mármore no necrotério. Ela viu a cor do rosto ao se olhar no espelho da sala das alunas; quando seus dedos tocaram a pele, estavam gélidos. Ela sabia que tremia e que queria fugir daquela voz que a chamava, daquele chamado que se dirigia a ela especificamente, daquele poder extraordinário que conseguia distingui-la dos outros. Ela queria fugir. Com uma velocidade incomum, os pés dela se encaixaram entre as alunas, fazendo seu corpo se perder entre os corpos e sua cabeça desaparecer entre as cabeças. Quando as cabeças se moviam, sua cabeça se movia junto, para a direita, para a esquerda, para a frente ou para trás; elas a protegiam como um escudo. Permaneceu assim escondida entre elas, não era capaz de pôr a cabeça para fora, pois do lado de fora havia uma força extraordinária da natureza, que conseguia identificá-la no meio da multidão e distinguir seu corpo entre os demais. Uma força potente e temerosa, que a puxaria com um magnetismo mais forte do que a gravidade da Terra assim que ela erguesse a cabeça e a arrastaria para seu campo magnético. Ela daria voltas em sua órbita e, como uma abelha louca cujas antenas foram arrancadas, começaria a girar em torno de si mesma até ser destruída pelas rotações.

Ela sentia aquele perigo crescer dentro dela, ameaçando aniquilá-la, inevitavelmente; e que um germe qualquer vivia em seu corpo, mastigando-o com cuidado e em silêncio para destruí-lo aos poucos sem que ela notasse. Ou que seu corpo seria dizimado de repente, num breve instante, sob os trilhos do bonde ou entre as rodas do ônibus, e ninguém a salvaria. Ao ouvir um grito, ela ergueu a cabeça e viu um corpo arrebentado nos trilhos; sentiu que era o dela, que o rosto pálido era o dela e que o sangue vermelho no asfalto era o dela. Em seguida, o bonde se movimentou de novo e ela encontrou seu corpo sentado no lugar, são e salvo, e o sangue, ainda dentro das veias, não escapara. Percebeu, com uma sensação oculta mas cheia de convicção, que o dia ainda não chegara e que ela ainda era Bahiya Chahin, uma aluna esforçada de medicina, de conduta e modos impecáveis, filha de Muhammad Chahin, secretário no Ministério da Saúde.

Ela entrou na faculdade com os movimentos de costume. Dirigiu-se ao auditório Ali Ibrahim Pasha e ocupou o assento de sempre, o último na última fila do lado esquerdo. Quem a visse pensaria que ela dormia, apesar de estar bem desperta. Via os alunos com mais clareza do que jamais vira; via-os se precipitando pela porta, pisando nos pés uns dos outros, a mala abarrotada de livros de anatomia comprimida sob a axila, os óculos brancos e grossos balançando sobre o nariz, suportados pela mão esquerda para não caírem, o braço direito estendido para a frente, empurrando os outros corpos no caminho, apressando-se para ocupar as primeiras filas do auditório. Sentaram-se ofegantes, abriram o caderno com dedos vermelhos e inchados — devido à luta para subir no bonde —, que esfregaram com um movimento rápido e logo enfiaram no bolso. Alguns punham a cabeça dentro do caderno para revisar as aulas anteriores, outros estendiam o pescoço para a direita ou para a esquerda, murmurando no ouvido do colega uma piada — na maior parte das vezes ofensiva. Quando o professor entrou, o silêncio se espalhou no auditório; podiam ouvir os sons produzidos no estômago uns dos outros — não tinham tomado café da manhã. O professor se movia diante deles, em cima do tablado, com passos lentos e tranquilos, voz tranquila, corpo tranquilo, membros relaxados e células resguardadas — como o resguardo que sentem as células do estômago depois de uma refeição abundante, ou as células das nádegas ao relaxarem num assento confortável. Os alunos fechavam os olhos e sonhavam relaxar; percebiam que era um sonho antigo, desde a infância, desde quando viram o brilho nos olhos do pai e da mãe ao ressoar no ar a palavra "doutor".

Ela estava em seu assento no fundo, não via os olhos deles, apenas as costas, todas curvadas para a frente em cima dos cadernos. Imaginou que permaneceriam para sempre curvados e dobrados ali e se surpreendeu quando os viu mover-se ao fim da aula, levantando com pressa e se precipitando para a porta, pisando nos pés uns dos outros, empurrando-se com os braços e os ossos pontudos dos cotovelos. Quando o cotovelo de um deles raspava o seio de uma aluna, a boca dela se abria num movimento imperceptível, um lábio mal se afastava do outro e, numa voz oculta e inaudível, ela exclamava: "Ah!", e punha a mala abarrotada de livros sobre o peito. Nesse momento, o toque do peito macio já se espalhara como um estimulante do cotovelo do aluno para o ombro e o pescoço, os músculos se contraíam, o pescoço e as feições ficavam tensos; por esse motivo, os olhos pareciam o ponto médio de uma corda puxada pelas duas pontas, estática na superfície enquanto suas moléculas profundas se agitavam num movimento invisível, um movimento violento e louco que resistia ao puxão; os músculos dos olhos se viravam em direção a tudo que tinha a maciez da carne, não diferenciavam entre peitos, traseiros ou malas de couro. Sem consciência, o aluno mordia a mala de livros de couro, tirando-lhe um pedaço e mastigando-o; ao descobrir que era um pedaço de couro, envergonhava-se e escondia com as mãos os buracos deixados na mala. No bonde, tudo ultrapassava o que ele podia suportar: sem querer, se encontrava encaixado entre os seios de uma mulher. À meia-noite, fechava os livros de anatomia e ia dormir, mas seu corpo rejeitava o sono, pois o estimulante se acumulara num ponto específico, com um centro pontudo como o de um furúnculo; bastava uma apertada para estourar.

Ela percebia com nitidez que não gostava daqueles alunos; não gostava de como se precipitavam pela porta, com seus óculos grossos, olhos tensos e cotovelos pontudos, e de como ocupavam os assentos da frente. Suas costas curvadas roçavam o rosto dela; Bahiya fitava a nuca deles e via acima da beira dos colarinhos brancos a pele morena de poros expostos, a raiz do cabelo raspado e manchas, como pequenos furúnculos.

Ela murmurou algo no ouvido de sua colega, que suspirou com aquela risada feminina reprimida e disse: "Deixe dessas asneiras, Bahiya, e pense no seu futuro!".

Uma sensação oculta, mas forte, lhe dizia que seu futuro não estava nessas aulas longas e tediosas nem em obter o diploma de medicina, instalar uma placa comprida na praça, com os dizeres "dra. Bahiya Chahin", e relaxar as nádegas num assento de carro confortável. Tudo isso lhe parecia sem sentido, como um papel em branco sem absolutamente nada escrito, como a noite escura sem nenhuma estrela, como o vasto universo que se tornou todo preto ou branco, sem diferença, já que tinha uma única cor.

Naquele momento ela percebeu a futilidade do mundo a seu redor, da vida, daquele professor que levava o cigarro para o canto da boca, daquela aula. A futilidade das costas inclinadas para a frente e das nucas tingidas por manchas.

Guardou os livros e os cadernos dentro da mala; com um movimento lateral seu corpo se separou do assento e com um movimento para trás ela saiu pela porta no fundo do auditório. Em menos de um instante, estava sozinha no pátio largo da faculdade.

Bahiya se perguntou — movendo o pé em seu andar habitual — o que queria da vida. Deixou a pergunta sem resposta suspensa a sua frente no espaço, movimentada pelo ar diante dos olhos como o pêndulo de um relógio.

Bateu um só pé no chão com uma única batida forte e teve certeza de que queria da vida algo específico, algo que podia delimitar com um ponto definido, que ela conseguia criar com a ponta da caneta sobre o papel em branco e tocar com a extremidade do dedo, plenamente e com a mesma convicção com que ela tocava o próprio corpo e sentia seus limites externos sob a roupa, conseguindo distingui-lo de todos os corpos e separá-lo do chão com um movimento do pé.

Deitada na cama em seu quarto pequeno, ela fitava o teto, via a si mesma sentada na cadeirinha vermelha, diante da mesa vermelha com cadernos e um livro didático de capa azul e etiqueta branca: “Nome: Bahiya Chahin. Ano letivo: Primeiro”. Ela arrancou uma folha branca do caderno e com um movimento de sua pequena mão desenhou com a ponta da caneta um traço nítido. Percebeu pela forma que era seu, que a mão era sua, que os dedos em volta da caneta eram seus, que ela os movimentava com sua vontade. Desenhou no papel seus traços característicos: um grande círculo com dois círculos menores dentro, formando um rosto e olhos que olhavam para ela, pretos e largos como seus olhos, emergindo através de um espelho. Ela contemplava os traços no papel assim como contemplava as próprias feições, conhecia-os como conhecia o próprio rosto, não o confundia com os demais; conseguia distingui-lo e tocar seus traços no papel com os dedos, plenamente e com a mesma convicção com que tocava o próprio corpo e sentia seus limites externos sob a roupa.

Assim que o pai abriu a porta, ela escondeu a folha embaixo do livro didático, mas os dedos grandes dele ergueram o livro e puxaram o papel com os desenhos. O pai deu uma batida na mão pequena dela com sua palma grande, dizendo: "Está desperdiçando o tempo de estudo com rabiscos!". E, amassando a folha na palma grande, atirou-a na lata de lixo.

Quando ele saiu, ela olhou para seus traços característicos amassados próximos da lixeira e permaneceu fitando-os, assim como fitava o próprio rosto no espelho. Puxou uma nova folha e com um movimento intencional da mão desenhou seus traços. Ela percebeu que uma coisa qualquer a atava a esses traços, como fios elétricos invisíveis ou fios finos de seda da cor do ar, que se estendiam, esticados, entre ela e seus traços no papel branco e confirmavam sua capacidade de distinguir o movimento de sua mão, a forma de seus dedos, a elevação de seu nariz e o preto de seus olhos.

Ao ouvir a voz do pai aconchegado na sala, sentado em sua cadeira de Assiute, ela escondeu o papel embaixo do livro didático, lendo-o em voz alta. Sua voz ressoou nos ouvidos como a de outra pessoa. Seu nome na capa parecia estranho para seus olhos, como o nome de outra aluna, obediente e educada, que ouvia o que lhe diziam e fazia a tarefa, enterrando a verdade de si mesma nas dobras escondidas do papel.

Desde quando tomou consciência da vida, Bahiya se fazia a mesma pergunta: "Por que todas as coisas de que gostamos são proibidas?". Até a comida... obrigavam-na a comer o que ela não gostava: a mãe enfiava em sua boca e, quando se virava, ela cuspia no prato. E o pai... entre ele e os desenhos dela havia uma hostilidade: se ele a via com um papel, logo o rasgava ou amassava, jogando-o no lixo.

Como uma barreira alta e comprida, o pai bloqueava o caminho entre ela e seu "eu" verdadeiro, com a vastidão do corpo dele, a voz forte e grossa, a palma ampla e os olhos grandes pregados na entrada da casa. Ao ouvir sua voz chamar: "Bahiya!", ela sentiu que ele chamava outra, não ela, mas respondeu: "Sim". Ele perguntou: "Você fez o dever de casa?", e ela respondeu com uma voz obediente e educada: "Sim". Quando sua voz chegou ao ouvido com a palavra "sim", ela teve certeza de que não era sua voz.

Quando o pai se ausentou da sala, deixando-a sozinha em seu quarto, ela conseguiu ouvir sua voz verdadeira e distinguir-lhe as características e o tom próprio, assim como distinguia as características de seu rosto. Com os dedos finos, arrancou a etiqueta branca com o nome falso na capa azul e, com a ponta da caneta no papel branco, delimitou todas as coisas como as via em sua verdade. Quando desenhava o pai, ela fazia olhos vermelhos, um bigode longo e preto, palmas grandes e dedos em torno de um bastão comprido.

O pai não tinha um bigode longo e preto. Porém, todo dia, quando ela ia e voltava da escola, via um policial sentado na guarita de madeira no canto da rua. A única coisa que via de seu rosto era o longo bigode preto e, quando se aproximava da guarita, apressava o passo e às vezes corria, corria até chegar em casa.

Quanto ao bastão comprido, era algo balançado diante de seus olhos todas as manhãs quando ela se sentava atrás da carteira de madeira na sala de aula. A voz da professora ressoava em seus ouvidos com um tom estridente como o do pai: "Bahiya Chahin! Você fez o dever de casa?". Num primeiro momento, ela pensava que a professora chamava outra que não ela e ficava em silêncio. Porém, a voz estridente ressoava mais uma vez: "Bahiya Chahin!". Então, ela se levantava de um salto e respondia com uma voz educada e obediente: "Sim".

O único dia de que ela gostava era a sexta-feira, pois não ia para a escola. Ela deslizava com agilidade da pequena cama para a cadeira vermelha e do meio do caderno puxava uma folha branca, envolvia os pequenos dedos em torno da caneta e movimentava a mão no papel, desenhando traços. Às vezes, retirava das dobras da mala um lápis vermelho, azul ou verde, que comprara com a mesada na loja ao lado da escola, ou que pegara emprestado de uma colega. Coloria os desenhos: verde para as folhas da árvore, azul para o mar e vermelho para o sangue. Como sabia que a cor do sangue era vermelha?

A primeira mancha de sangue vermelha que vira na vida fora em suas calças brancas. Ela a desenhou como um círculo vermelho no meio do papel branco; os olhos da criança redondos, largos e assustados, e seu corpo pequeno e fino como um passarinho, tremendo atrás do muro. Diversos olhos, como círculos largos, encaravam. Com os dedinhos inchados, ela enterrou as calças num buraco atrás do muro e andou na rua sem calça; o vento frio passava pelas pernas e tentava erguer o vestido de suas coxas, mas ela o segurava com as duas mãos e resistia ao vento. Andava na rua de asfalto, com a mala de couro abarrotada de cadernos e livros didáticos pendendo de seus dedinhos vermelhos.

Quando se aproximou da guarita de madeira, uma gota vermelha caiu do meio de suas pernas no asfalto, esparramando-se no chão e formando um círculo vermelho, que se alargou, cresceu e ficou do tamanho do disco solar. O policial a encarou com seu bigode longo e preto e esticou o nariz para fora da guarita, fungando o cheiro de sangue. Ela jogou a mala no chão e correu sem fôlego para casa.

Bahiya moveu a cabeça pesada no travesseiro e viu a mala de couro abarrotada de livros de anatomia em cima de sua pequena escrivaninha, onde havia também um crânio, cadernos e um copo de água com uma rosa vermelha. Ela se levantou e aproximou o nariz da rosa; olhou com o canto do olho para o calendário pendurado na parede e se lembrou de que tinha prova. Empilhou os cadernos e livros e se sentou fitando o crânio. Era de uma pessoa que morrera havia anos; Bahiya o comprara do funcionário do necrotério por três libras. No ano anterior custava só uma libra, porém os preços aumentaram e os cadáveres estavam escassos; agora havia um mercado paralelo. O agente funerário fez uma parceria com o funcionário do necrotério e com o guarda do cemitério. Quando o bonde atropelava um corpo desconhecido, que viveu e morreu sem conhecer pai nem mãe, aparecia imediatamente um agente funerário trazendo o pai, um pai pago por hora. O pai se lançava sobre o corpo do morto e derramava lágrimas falsas, como se fossem as de um pai verdadeiro, e tomava posse do cadáver. Assinava por ele com seu nome, tornando-o sua propriedade; podia fazer com ele o que quisesse, exatamente como um pai tem a posse de um filho e faz com ele o que quer.

O pai, então, vendia o corpo do filho ao guarda do cemitério, que o vendia ao agente funerário, e este ao funcionário do necrotério, que, por sua vez, o vendia ao reitor da faculdade de medicina ou aos alunos ricos que estudavam em casa e dispensavam a ida diária ao necrotério.

Bahiya contemplou o crânio e viu as fissuras longas entre os ossos, como lesões profundas. Os ossos das bochechas eram protuberantes, os olhos eram cavidades ocas na fronte e as mandíbulas acima dos vãos fundos dos dentes eram pontiagudas.

Parecia o rosto de uma criança de roupas esfarrapadas que subiu no bonde, carregando uma caixa de alfinetes e caixas de fósforos e pentes. Anunciava os produtos com sua voz rouca, saltando de bonde em bonde, com uma perna só. Olhava para as pessoas com seus olhos fundos, procurando entre os rostos um que tivesse as feições de pai ou de mãe, que enfiaria a mão no bolso para tirar uma ou duas piastras e compraria dele um pente ou a caixa de alfinetes.

Contudo, nos rostos sentados no bonde não havia pais nem mães. Em vez disso, aqueles rostos, por um poder potente, eram todos parecidos, cunhados pelo carimbo do governo como moedas. Sentavam-se aglutinados em silêncio, a metade inferior do corpo imóvel, petrificada no assento, e a metade superior balançando com um movimento lento e regular como o do bonde. Os crânios grandes oscilavam como o pêndulo de um relógio, os ombros largos — por causa do forro grosso do paletó — estavam colados e a gravata se enrolava em volta do pescoço como uma forca. Quando o bonde freou de repente, as cabeças deram um solavanco para trás e colidiram com o bonde, fazendo-os pular dos assentos. Puseram as mãos na cabeça e fitaram ao redor com olhos esbugalhados e amarelados, cheios de terror. Ressoou no ar o grito de uma criança.

Os olhares recaíram sobre o corpo arrebentado sob as rodas do bonde; em torno dele estavam espalhados os alfinetes, as caixas de fósforos e os pentes. No asfalto, a mancha vermelha se esparramava no chão e o círculo vermelho se alargava como o disco solar; os olhos fundos jaziam sob as rodas de ferro como duas cavidades abismais nas profundezas da Terra.

Cada um apalpou a própria cabeça, o pescoço, os braços e as coxas. Quando se asseguraram de que a cabeça ainda estava em cima do pescoço, o corpo no assento e o sangue nas veias, os lábios se abriram num suspiro longo e profundo e os olhos brilharam com uma alegria oculta. Talvez se cumprimentem uns aos outros, felicitando-se, louvando a Deus e agradecendo por Sua graça, pois o corpo arrebentado embaixo das rodas era de outro que não eles. Erguem as palmas para o céu, recitando versos de louvor, na ilusão de que, com essa recitação, subornam Deus para que não os leve em nenhum momento, para que permaneçam com a cabeça em cima do pescoço para sempre.

Bahiya estendeu a mão e girou o crânio, deixando os olhos fundos virados para a parede. Fechou o livro de anatomia e passou a mão atrás da cama para puxar o quadro branco. Apoiou-o na parede e se sentou na pequena almofada de chão, com o pincel e as tintas ao lado.

Seu quarto estava completamente escuro, exceto por uma área de luz branca emanada de uma pequena lâmpada que iluminava o quadro. O céu visto da janela estava preto, a noite era silenciosa, e o pai dormia; não se ouvia nenhuma voz, nenhum movimento, exceto o farfalhar do pincel indo e vindo na superfície lisa, com aquele deslocamento leve dos dedos. Ela movia a mão em qualquer direção conforme sua vontade. Levantava as pálpebras com toda a força para resistir ao sono, permanecendo com o olhar pregado em seus desenhos e nas manchas coloridas. Não parou de fitar e, de tempos em tempos, estendia a mão com aquele movimento intencional, dando um tapa com golpes do pincel nos rostos parecidos. Ela tirou a máscara esticada de carne com os dedos, puxando o corpo arrebentado de debaixo das rodas e revestindo de carne o crânio macilento. As duas cavidades ocas se tornaram olhos pretos parecidos com os seus.

De manhã, ela abriu os olhos ao ouvir o pai, estridente como um despertador. Vestiu uma calça preta e uma blusa branca, pegou a mala de couro abarrotada e andou em direção ao bonde. Avançava com os pés e separava as pernas em seus passos. Ao ver os rostos parecidos no bonde, apertou os lábios de raiva. Quando viu suas colegas andando com as pernas coladas naquele movimento circular estranho, Bahiya percebeu que elas eram de uma espécie e ela, de outra. De pé no necrotério, pôs um pé na borda da mesa de mármore e manteve a outra perna, longa, de ossos sólidos e músculos firmes, no chão. Olhava com o canto do olho as pernas tortas das alunas, seus óculos grossos dentro dos livros de anatomia, o nariz vermelho inchado e as costas curvas dobradas em cima dos cadáveres; olhava ao redor perplexa, como se estivesse perdida. Contudo, o bisturi estava entre seus dedos. O livro de anatomia de capa azul com a etiqueta branca: "Nome: Bahiya Chahin. Ano letivo: Primeiro" a deixava perplexa. Ao movimentar o bisturi de cima para baixo no pedaço de carne imerso em formol, ela bateu em algo sólido, que retirou da cavidade com a ponta do bisturi. Aquilo caiu na mesa de mármore emitindo um som como o de um pedregulho. O bisturi o partiu em dois, e eis que era um coágulo de sangue congelado e escurecido. Uma das colegas soltou a risada feminina reprimida, dizendo: "Nossa! Pensei que fosse uma bala!". Outra colega estendeu o pescoço olhando para o coração aberto e perguntou, atônita: "Tem uma bala no coração?". Outra tapou a boca com a palma e gemeu: "O quê?!". E outra suspirou numa voz audível: "Quem dera fosse eu".

Nenhuma das ideias familiares sobre a morte podia ser encontrada no necrotério. Ali, a morte não era morte, o cadáver não era uma pessoa morta e o coágulo de sangue congelado como um pedaço de bala dentro do coração podia despertar a vontade suprimida enterrada no fundo da alma, como se o coração se partisse, ou o sangue deixasse de circular em vão, congelando nas veias. Essa era a morte que o ser humano desejava e temia, procurava por ela e fugia dela; era a morte que ele imaginava em todo lugar, mas não encontrava em lugar nenhum, nem no necrotério.

Bahiya se virou para a colega que disse "quem dera fosse eu" e perguntou: "Você quer morrer?". A colega suspirou, surpresa e horrorizada: "Morrer? Que o mal fique longe de mim, irmã". E Bahiya percebeu a tragédia, soube por que o ser humano temia seus desejos verdadeiros: porque eram os desejos veementemente destruidores, e o ser humano não queria ser destruído, preferia a vida letárgica sem desejos verdadeiros.

Bahiya segurou essa ponta do fio e começou a andar em direção à outra ponta, mas percebeu que ela não existia, apenas o próprio abismo insondável. Reuniu seus bisturis e ferramentas de dissecação na mala de couro e saiu do necrotério. Atravessou o pátio com passos largos e rápidos; a cada passo aumentava a sensação de se aproximar do perigo.

Ela desejava poder se virar e voltar ao necrotério, mas era puxada, com uma sensação oculta, para aquele perigo, para a beira do abismo.

"Bahiya!", o nome ressoou em seu ouvido e ela estremeceu. Com o tremor do corpo, percebeu que tinha um corpo próprio que podia movimentar e balançar sem que o mundo balançasse com ele, e que tinha um nome próprio, que a fazia estremecer ao ressoar no ar. Toda vez que ouvia seu nome, ficava aturdida. Que força extraordinária aquela que conseguia distinguir seu nome entre os outros, que milagre aquele que identificava seu corpo entre os milhões de corpos flutuantes no universo.

Ao parar, descobriu que ainda estava no pátio da faculdade, diante de um quadro grande pendurado em cima da pequena porta verde-escuro. Essa pausa não durou mais de meio minuto. Estava prestes a se virar, a se dirigir para a porta do necrotério e voltar ao que estava fazendo, e fazê-lo para sempre. No entanto, meio minuto pode mudar o curso da vida de uma pessoa; uma bomba pode explodir em meio minuto, transformando a forma da cidade e da Terra. Os eventos grandiosos da vida acontecem sempre muito rápido, em segundos, e às vezes num piscar de olhos; já os eventos triviais ocorrem devagar, num tempo longo que pode se estender por toda uma vida.

Quando ergueu os olhos para o quadro, percebeu que havia alguém diante dela. Não era qualquer um; era o tipo de pessoa de quem os olhos não podem se desviar. Possivelmente não fitariam por mais do que alguns segundos, ou um só segundo, devido ao tempo apertado ou à timidez de encarar por longo tempo, mas seria o suficiente para que essas feições ficassem diante de seus olhos para sempre. Ela conseguiu, depois do primeiro minuto, superar a surpresa e ser capaz de encarar. Com um senso de investigação natural, procurou nas feições o motivo que as tornava incomuns. Observou a testa, os olhos, o nariz e a boca: todos normais. Ficou surpresa; como aquele conjunto de feições normais podia resultar num rosto tão estranho e incomum?

Naquele momento, ele já estava totalmente a sua frente, com o pé direito na soleira da porta da exposição, e teria esbarrado nela se não tivesse levantado a cabeça, vendo-a. Quando os olhos dos dois se encontraram, ela percebeu que o segredo da estranheza do rosto estava no movimento dos olhos. Era esquisito, diferente do movimento dos olhos dos alunos que pareciam não olhar, inativos, simplesmente abertos, como um espelho que reflete as coisas em sua superfície. Em outro sentido, os olhos dos alunos não produziam o olhar verdadeiro e portanto não viam as coisas — ou não as viam em sua verdade.

Quando ele moveu os olhos diante dos dela, Bahiya sentiu que ele a via, que ela, pela primeira vez, se tornava visível a outros olhos. Apenas diante do espelho ela percebia que era visível aos olhos pretos, que eram os seus; na rua, no bonde ou na faculdade, notava que os olhos eram incapazes de vê-la, de distingui-la entre os milhares, e que ela se perdia em meio aos corpos parecidos. Nada a salvava da extinção, exceto quando a própria mão tocava seu corpo, certificando-a de que tinha um corpo próprio, e os olhos dela observavam com zelo seus desenhos na tela branca. O movimento de sua mão se tornava visível e seus desenhos nítidos, separados do mundo com seus limites externos e sua circularidade própria, criada por um movimento intencional e forte, com o qual ela destruía as outras vontades, puxava as cobertas do corpo, tirava a máscara das feições e arrancava a etiqueta branca com o nome falso da capa azul.

Ela viu os olhos estranhos dele examinando seu rosto, assim como ela fazia no espelho, e penetrando através dos olhos dela no porão longo e estreito de suas profundezas. Só mais um instante seria o suficiente para que ele chegasse ao fim, mas ela moveu a cabeça para o outro lado. Temia chegar ao fim, pressentia o perigo disso e percebia a impossibilidade de voltar para onde estava; e sabia que, de modo mágico, ela se tornaria outra pessoa que não Bahiya Chahin, ou se tornaria seu "eu" verdadeiro.

Ela não sabia exatamente o que era seu "eu" verdadeiro. Mas tinha certeza de que ela não era Bahiya Chahin, aluna esforçada de medicina, de conduta e modos impecáveis, a moça que estava de pé hesitante diante da porta.

A palavra "hesitante" aqui não é precisa; também não está correta, pois a verdade é que ela não hesitou nem por um instante. Estava firme em seu desejo obscuro de andar para a frente e não ficar de pé, de chegar até o fim perigoso. Ela se deu conta de que inevitavelmente chegaria até o fim, pois era seu destino. Não iria de modo normal, e sim puxada pela força do desejo em conhecer seu destino, e com a intensidade do medo desse conhecimento, ao ponto de puxá-la na direção oposta.

Se ela fosse realmente Bahiya Chahin, daria meia-volta, um passo para trás e entraria no necrotério. Aquele dia seria como o anterior e como o seguinte; ela cairia no redemoinho dos dias normais, da vida normal, com os rostos normais. Mas ela não era Bahiya Chahin, era outra pessoa, diabólica, que não nascera de sua mãe nem de seu pai; suas feições pareciam as que ela via no espelho, mas eram mais exacerbadas — o preto dos olhos era mais preto, a elevação do nariz mais acentuada e a pele não era clara, e sim ardente, vermelha, cor de sangue.

Ela não gostava de Bahiya Chahin, via facilmente seus defeitos. Detestava aquela voz obediente e educada. Ficava incomodada com aquele olhar calmo e submisso, que não via as coisas, apenas as refletia, como a superfície da água. Detestava aquele nariz que não se elevava o suficiente. Desprezava aquela palidez, sabia seu motivo verdadeiro: tratava-se da palidez da pele quando lhe foge o sangue devido ao medo que a pessoa tenta esconder.

Bahiya Chahin encobria seu medo com aquela pele pálida. Contudo, a pele de Bahiya Chahin não a enganava, ela conhecia suas profundezas verdadeiras e percebia o quanto temia e o que temia.

Bahiya Chahin tinha medo de seu "eu" verdadeiro, da outra pessoa que vivia dentro dela, daquele demônio que se movia e olhava para as coisas com todo o seu poder de visão. Seu nariz tinha uma elevação pontiaguda estranha, como o fio de uma espada, com a qual partia o mundo em dois e avançava sem piedade, e sem hesitar, para chegar ao fim, ao fim do fim, mesmo que se tratasse do próprio abismo insondável.

No entanto, Bahiya Chahin hesitava, parava no meio, temia os fins, pois o fim na visão dela era o término, o pico alto e assustador, o ponto suspenso no espaço, nada adiante e nada atrás, o cume destruidor, depois do qual havia apenas a aniquilação.

Ela estava parada no meio do caminho. Sabia que estava parada, porém se sentia segura naquele ponto mediano, o ponto no centro da corda esticada, em que as forças opostas são iguais, o ponto zero. Sua força equivalia ao zero, assim como sua resistência. Era o ponto de quietude total e de segurança total, que nada ameaçava; em outro sentido, era o ponto da morte.

Bahiya Chahin não sabia que estava parada no meio da própria morte, sem escapatória. Sua mente era incapaz de assimilar essa verdade. Ela pensava, de modo ingênuo e divertido, que se salvaria ou que poderia se salvar afastando-se do perigo, deixando de se mover em direção à vida perigosa. Sua mente não era capaz de assimilar que ela estava no centro do perigo e que, ao contrário, qualquer movimento seria um passo em direção à salvação, em direção à vida. Mas ela não sabia como se salvar nem por que se salvar; em outro sentido, não sabia qual era o objetivo de sua vida.

Quando moveu a cabeça para o outro lado, ele sorriu de um jeito estranho, que ela não percebeu naquele momento. Ele sussurrou: "Bahiya Chahin?".

A pergunta a surpreendeu e ela gaguejou, porém logo se corrigiu, vendo o nome no quadro branco. Então, respondeu com uma voz hesitante: "Sim".

Ele estendeu a mão para cumprimentá-la, dizendo: "Salim Ibrahim".

Foi a primeira mão a envolver a sua. A palma dele era do tamanho da dela, os dedos dele eram longos e finos como os dela. Uma mão verdadeira, de carne e sangue; seu calor se irradiava na palma dela e certificava sua verdade, pois tinha o mesmo calor que a mão dela. O movimento do sangue nas veias dela, sob sua pele, vibrava como a vibração do pulso em seu punho, e como a vibração da terra sob seus pés, e do ar ao seu redor.

Ele fitou seus olhos pretos e grandes, agora em pânico. Então os olhos dele se alargaram com um pânico parecido; mas ele logo se corrigiu, e os olhos voltaram a seu tamanho habitual. Em meio minuto, os dois percorreram o que percorrem o homem e a mulher para se conhecerem em meio século.

Ele disse: "Parabéns pela exposição".

O rosto dela enrubesceu com uma vergonha repentina e ela balbuciou: "Ainda está começando".

Na exposição havia apenas três ou quatro alunos. Havia milhares na faculdade, mas o que uma exposição de arte interessava aos alunos de medicina? De que lhes serviam um quadro, uma história ou uma peça musical? Nada lhes interessava, exceto o necrotério e as aulas que decoravam para a prova, e que depois lhes escapavam da memória.

Eles estavam parados diante de um dos quadros e próximos um do outro. Tinham a mesma altura, o ombro dele estava emparelhado com o dela, o braço dele emparelhado com o dela, a perna dele era do comprimento da dela. Estavam separados por uma pequena distância apenas. Uma fresta de ar que ainda passava entre eles e dividia seus corpos. Uma distância longa, da altura dela, mas fina como um fio de cabelo. Um fio de cabelo de ar e, apesar de ser ar — na verdade, por ser ar —, era uma distância isolante de outra substância que não a de seus corpos. Apesar de ser muito fina — na verdade, por ser muito fina —, era afiada como o fio de uma espada, que separa um corpo do outro e corta a carne.

Ela ficou perplexa como nos sonhos, nos quais ocorrem os maiores acontecimentos em segundos: o ser humano encontra estranhos e os conhece, encontra os mortos e os cumprimenta, voa sem asas, com os braços e as pernas, mergulha até o fundo do mar sem se afogar, anda na corda bamba sem cair, casas são destruídas em segundos, casas são construídas em segundos, e tudo se torna possível num piscar de olhos.

Ela se acostumara com essa perplexidade nos sonhos, mas agora estava, sem dúvida, acordada. Tentou se certificar de estar acordada, mas falhou. Não havia um método garantido de se certificar além de tocar o próprio corpo, mas ela também fazia isso no sonho quando tinha dúvidas sobre ele. Esse fracasso a aterrorizava, pois ela não era capaz, de jeito nenhum, de se certificar de nada na vida. E a tentativa de ter certeza apenas aumentava suas dúvidas.

Os olhos pretos de Salim estavam fixos no quadro, e o quadro era preto como a noite escura. Havia nele pontos brancos que pareciam estrelas, mas não eram estrelas, e sim pequenos diamantes, mas não eram diamantes, e sim olhos pequenos brilhando com lágrimas translúcidas. Não eram apenas olhos, e sim dois olhos pequenos no rosto de uma criança magra e pálida, que andava sozinha na rua; seus dedinhos estavam vermelhos e inchados por causa da ponta da régua afiada: vinte vezes em cada dedo, por causa da mala perdida. O homem grande de bigodes longos a puxou no beco, então a mala caiu no chão. Com seus pequenos braços e pernas, ela batia nas pernas grandes dele, mas estas eram fortes e estavam abertas como as mandíbulas do destino. Ela, entre as pernas, tinha o rosto no asfalto, virado para a parede, e de suas narinas escorria um fio fino de sangue que coagularia depois de um momento, antes que o pai a visse. Porém, o pai olhou nos olhos dela e percebeu pela palidez que ela ainda sangrava, procurando pela ferida entre seus braços e pernas. Quando viu o círculo vermelho-claro como o arco solar, ergueu sua grande palma no ar e estapeou o rosto dela.

Ela notou o brilho rápido nos olhos dele e viu um músculo pequeno sob seu olho esquerdo tremer. Então apontou para o outro quadro, mas ele perguntou em voz baixa: "Você chorava quando era criança?".

Ela ficou atônita e gaguejou. Lembrou-se de seus sonhos de infância, o deus fictício e o pai, o policial, a escola, e a ponta afiada da régua em seus dedos pequenos. Disse: "Eles batiam em mim por causa de uma outra chamada Bahiya Chahin, obediente e educada".

Ele soltou uma risada breve e olhou para o outro quadro. Alunos de medicina com óculos grossos e cotovelos pontudos se amontoando em torno do professor, que empurrava um carrinho e chamava como um vendedor ambulante, vendendo suas aulas impressas numa prensa manual. No portão da faculdade havia mulheres de *galabia** preta e véu preto apertado em torno do pescoço, seguindo um cadáver que saía do necrotério. Na estação do bonde havia um homem cego guiado por uma mulher com deficiência e, atrás dela, crianças com a parte de baixo nua. Dentro do bonde, erguiam-se cabeças grandes coladas e semelhantes, como moedas cunhadas. Na esquina, o policial de bigodes pretos e longos estava à espreita.

De pé ao lado dela, ele sussurrou sem se mover: "Bahiya".

Ela estremeceu ao toque da voz dele em seus ouvidos, e o nome Bahiya se tornou especial. Não era o nome Bahiya, qualquer Bahiya, mas ela em específico, ela sem os outros, sem os milhões, nessa sua existência própria, de pé ao lado dele, com os limites de seu corpo nítidos e separados do

---

* Roupa típica egípcia, uma espécie de vestido longo de mangas longas. (Todas as notas são da tradutora.)

espaço externo; seus desenhos no quadro, criando marcas características, e seu movimento particular, intencional, extraído de entre as mandíbulas das outras vontades.

Ela olhou ao redor. A exposição se esvaziara exceto pela presença dos dois, de pé, próximos, sem se tocarem, separados por aquele fino fio de cabelo de ar. Muito delicado e transparente, bastaria balançar a mão para destruí-lo; qualquer movimento leve o dispersaria. No entanto, nenhum deles se mexeu, estavam ambos de pé paralisados como estátuas de pedra, com os olhos fixos como se em pânico e a pele pálida como se o sangue lhe tivesse fugido.

Era igual ao medo que sentimos nos sonhos, porém verdadeiro. Ela percebeu a verdade desse medo pelo tremor de seu corpo ao ficar ereto e pelas gotas de suor que sentia na palma das mãos. Com um cuidado genuíno, moveu um pé, depois o outro, e começou a carregar o corpo em direção à porta. Mas a voz dele veio de trás dela: "Bahiya".

Ela parou, cravada no chão por um instante, e respondeu em voz baixa: "Sim".

"Aonde você vai?"

"Não sei."

"Venha comigo."

"Para onde?"

Com uma sensação não completamente nítida, ela percebeu que esse som regular e sucessivo de pés se movendo no asfalto da rua vinha de seus sapatos, um som familiar para os ouvidos, como seu nome ressoando no ar. Contudo, sua mente não confiava mais nos ouvidos: o que parecia familiar para eles se tornava estranho para a mente. O que trouxe seus pés para o asfalto dessa rua? Nunca vimos essa rua antes. Não era uma das ruas comuns do Cairo, aquelas ruas planas que seguem retas e onde se pode ver o fim à frente. Essa rua não era horizontal: subia como uma trilha na montanha alta.

Ela se perguntou, espantada: "Será que deixamos o Cairo?"; e, quando ouviu a voz dele a seu lado, percebeu que não estava sozinha e que haviam chegado ao fim da rua Al-Kasr al-Aini, atravessado a praça Fam al-Khalig e se dirigiam à montanha de Mokattam. Ela nunca viera a esse lugar, nunca andara por uma rua que subia uma montanha; sua vida se movia numa linha horizontal e plana. Sua casa ficava no andar térreo, ao qual ela tinha acesso subindo quatro degraus. No bonde ela subia um ou dois degraus; o necrotério ficava no térreo; o auditório, três degraus acima do pátio da faculdade; o máximo que ela subia eram seis degraus para chegar ao laboratório.

Agora, algo estranho acontecia com seu corpo ao se distanciar do chão. Ela ficava mais leve, como se, a cada passo, se livrasse de pesos invisíveis, que a envolviam como correntes de ferro em torno dos punhos. O som de seus sapatos no asfalto ficou menos distinto; seus pés se moviam sozinhos com leveza, como se não carregassem mais o corpo ou como se o corpo tivesse ficado sem peso e o ar ao redor, sem som.

Ela bateu palmas, correndo alegremente: "É a primeira vez que subo a Mokattam!", e ouviu o eco de sua voz repercutir desde o pé da montanha. Ela parou e olhou para baixo, viu a cidade grande e plana como um tapete verde e as casas como pequenos quadrados. Seus pés estavam dentro dos sapatos habituais, à beira da montanha, e ao lado havia dois outros pés dentro de sapatos pretos não familiares.

Ela ergueu a cabeça, surpresa, e seus olhos encontraram os dele, pretos com uma mirada penetrante e incomum, que tirava a máscara de seu rosto e puxava as cobertas de seu corpo, tornando-a visível para esses olhos. Ela moveu a cabeça na outra direção e não encontrou nada exceto o céu e o abismo insondável. Foi tomada pela sensação misteriosa e urgente de que algo importante aconteceria com ela. Um pedaço de tijolo sob seu pé se desprenderia de repente da montanha e seu corpo cairia puxado pela força terrível da terra, dispersando-se no ar em milhares de pequenos pedaços, como partículas flutuantes. Assim como acontecia nos sonhos, parecia-lhe que, se ela pulasse, seu corpo se livraria do domínio da terra e voaria livre no céu. Estendeu um pé e estava a ponto de seguir com o outro e pular, mas uma força incomum a puxou para trás. Ela pensou que fosse a mão dele, mas ele estava parado longe dela, imóvel como uma estátua, com os braços ao lado do corpo, os olhos pretos fixos nos dela, penetrando no porão longo e estreito de suas profundezas ocultas. Ali, havia aquela pulsação rápida e contínua, como a do universo na calada da noite, aquele movimento veloz e louco, que ela enterrava nas próprias dobras, encoberto por suas entranhas, uma camada sobre a outra, para se tornar invisível, e seu movimento para sempre secreto.

O sangue fugiu-lhe do rosto, deixando-a pálida, e seus dedos gelaram. Ela fechou os olhos com aquele movimento enganoso que havia aprendido nos sonhos; ao abri-los, percebeu que não estava sonhando. Os olhos pretos ainda estavam nos dela, mas o preto não era completamente preto, e sim manchado de azul, um azul profundo e longínquo, de profundezas desconhecidas, como o azul do céu quando o fitamos de olhos bem abertos e o vemos como se não existisse, correndo pelo corpo um calafrio incompreensível. Percebemos que diante de nós está a imensidão do universo, assustadora, silenciosa e aterrorizantemente inerte, pois não é inércia verdadeira: há um movimento subjacente, oculto e violento, que ofusca a visão com sua rapidez.

Ela escondeu o rosto com as palmas e chamou com um gemido inaudível: “Salim”.

Ele respondeu em voz baixa: “Sim?”.

“Estou com medo.”

“Do quê?”

“Da morte.”

“A morte não existe.”

“Mas estou com medo.”

“Da vida?”

“Sim.”

Qualquer um que a visse naquele momento perceberia que ela estava tremendo. Seu medo não era do tipo que afastava a pessoa do perigo, mas do tipo que a aproximava dele. Um desejo tempestuoso e violento de sentir o perigo até o auge, até o fim, o fim derradeiro que nos liberta dele para sempre. Como um fardo pesado, ela o sentia sobre o corpo desde quando passou a ter corpo próprio. Desde quando se separou do mundo e se soltou do corpo da mãe numa massa pequena e delimitada, que a terra puxava para baixo, o céu para cima e o vento pressionava de todo lado. Seu corpo pequeno estava sempre no domínio do mundo, entre as mandíbulas do leão. Ela não tinha dúvidas de que a mandíbula superior inevitavelmente cairia sobre a inferior. Se duvidasse por um momento, talvez cogitasse fugir de algum modo. Porém carregava a certeza no corpo, pulsando em cada célula, e sabia que o momento chegaria e que essa pulsação pararia. Tinha tanta certeza que desejava que o momento chegasse e a pulsação parasse, dando fim ao fardo.

Ela pediu em voz baixa: "Abrace-me com toda a força até que...".

Parou antes de completar o pedido. Ela queria dizer "até que minha pulsação pare", mas seu desejo oculto de morte parecia ser — declarado publicamente — proibido, e ela entendeu com muita clareza por que as pessoas proibiam os desejos verdadeiros e permitiam os não verdadeiros.

Um único movimento dele seria suficiente para levá-la ao fim, mas ela temia os fins. Sentia o perigo da chegada e a impossibilidade de voltar para onde estava; sabia que, de modo mágico, ela se tornaria outra pessoa que não Bahiya Chahin, isto é, ela se tornaria seu "eu" verdadeiro.

Afastou-se dele com passos apressados e largos, os olhos pretos voltados para o alto. O preto deles não era preto o bastante, o nariz não se elevava o suficiente e a pele estava pálida por causa do medo que o ser humano tenta esconder.

A voz dele chegou por trás: "Bahiya".

Ela não parou e não respondeu. Ele chamou mais alto; um eco repercutiu por toda a montanha: "BAHIYA!".

Ela começou a correr, afastando-se da voz, que a cercava de todos os lados. Então tapou os ouvidos, mas ele baixou as mãos dela e perguntou com uma voz zangada: "Por que está fugindo?".

Ela tentou se mover, ele bloqueou o caminho com os braços; ela o empurrou com toda a força. Então ele a puxou contra si e ergueu seu rosto com a mão. Os olhos dele se fixaram nos dela; eram olhos zangados, de cor preta manchada de um azul-escuro terrível como o do mar sem fundo. Ela tentou mover a cabeça para outra direção, mas ele a impediu e disse com uma voz brava: "Bahiya Chahin te impedirá de atingir qualquer pico; você viverá sempre no meio do caminho e cairá no túmulo dos dias comuns como milhões de pessoas".

A voz dele oscilava; ele soltou a cabeça dela, que caiu sobre o peito, tremendo. Os olhos dela tremulavam, e tudo em sua vida ficou bambo. Já havia ouvido essa voz trêmula uma vez; na verdade, duas vezes; na verdade, muitas vezes: todo dia quando se sentava no bonde e via os pedaços humanos cunhados; quando via os alunos com seus óculos grossos e a cabeça curvada sobre o caderno; quando via as alunas com seu olhar submisso e suas pernas coladas; quando assistia às aulas que se sucediam naquela voz repetitiva e monódica; quando o despertador tocava em seu ouvido todas as manhãs com o mesmo toque, e a voz do pai a chamava com o mesmo chamado. Nada, nada quebrava aquela monotonia contínua e eterna.

Um desejo tempestuoso e opressor de quebrar essa monotonia tomava conta dela. Um desejo de gritar sem motivo, de pular pela janela e quebrar os braços ou as pernas, de enfiar a faca da cozinha no peito para gritar de dor e ouvir o grito com seus ouvidos e ter certeza de que estava viva, e não morta. Um desejo tempestuoso e urgente de sentir a vida ao ponto de cometer um assassinato, de matar seu corpo com toda a consciência e vontade. Ela entendeu que não era um crime; que o crime seria seu corpo morrer contra a vontade dela. Sem dúvida havia outra vontade à espreita, que aproveitaria a oportunidade, qualquer oportunidade, de acabar com ela, como seu pé escorregar no degrau do bonde, ou ela se distrair por um instante ao atravessar a rua, ou uma bala perdida atingi-la por engano.

A morte dessa forma, por acaso e contra sua vontade, seria um crime ilícito. A morte seria lícita apenas se ela fosse seu alvo deliberado, se ela fosse a escolha da morte e a morte fosse a escolha dela.

Quando ela ergueu a cabeça do peito, não o encontrou. Virou-se rapidamente e viu as costas dele desaparecendo no beco que fazia uma curva subindo. Ela chamou em voz alta: "Salim!".

Mas ele não respondeu; ela elevou mais a voz e gritou: "SALIM!".

O eco repercutiu por toda a montanha diversas vezes, mas ninguém respondeu.

Seu corpo estava estendido na cama do pequeno quarto; seus olhos pretos brilhavam no escuro como diamantes, absorviam o preto e o expeliam num raio branco como o da luz. Milhões de partículas minúsculas flutuavam naquele raio e giravam num movimento regular como o movimento eterno do universo, como a batida contínua em seus ouvidos, que descia pelo pescoço e pelo peito e avançava para as pernas, produzindo uma sensação leve de formigamento como o fluxo do sangue. Fluía pelas palmas e pelos pés e se aglomerava na ponta dos dez dedos como cabeças de alfinetes, como pés minúsculos de formigas, caminhando sob a pele e sobre os ossos. Ela podia quase ouvir aquele fluxo, como um zumbido baixo e contínuo, como os milhões de sons baixos e contínuos que formavam o silêncio da noite.

Quando ergueu o corpo da cama, seus pés nus tocaram o chão frio, fazendo-a cambalear. Teria caído, não fossem a força de suas pernas longas e sólidas e os músculos fortes e firmes, que mantiveram seu corpo ereto — um controle de equilíbrio excepcional. Andou com passos fortes e firmes, atravessando o mundo como um capitão habilidoso ao leme de um navio robusto.

Ela puxou o quadro de trás da cama, acendeu a lâmpada sobre a tela branca e se sentou no pequeno tapete, fitando as partículas cor de cornalina que flutuavam no raio de luz. Quando apertou o pincel com os dedos, sentiu as cabeças de alfinetes sob a pele e, a cada aperto, a dor de uma espetada. No entanto, sua mão não parava de se mover, ia e vinha sobre a tela com aquele movimento intencional, com aquele desejo tempestuoso e urgente de sentir a dor até o fim, de apertar os dedos até sangrarem, até serem esmagados e a dor parar.

Um desejo misterioso e revolto, que sacudia seu corpo e a terra embaixo dele, fluía de seus dedos até os braços, o pescoço e a cabeça, como se percorresse um fio elétrico esticado. Os dedos enrijeceram, o pescoço ficou tenso e a cabeça, fixa, não se movia.

Quem a visse naquele instante pensaria que fora crucificada; não fosse pelo movimento da mão, acreditaria que estava morta ou dormindo sentada. Mas ela estava acordada, bem desperta. Os olhos abertos viam o mais fino traço e captavam até mesmo um pontinho; dedos na extremidade do pincel conseguiam partir o mundo preto com um traço branco e fino como um fio de cabelo, como a linha do horizonte separando a terra do céu e o dia da noite, uma linha branca manchada de vermelho, vermelho-escuro, vermelho cor de sangue.

Quando viu a cor vermelha, seus olhos se arregalaram, cheios de terror diante do sangue verdadeiro. O que a assustava na cor do sangue? Ela fitou as veias azuis sob a pele e sentiu a vibração do pulso regular e contínuo no punho, uma batida após a outra. Com uma sensação misteriosa e oculta, imaginou que a batida seguinte seria a última, que o som cessaria e sua respiração seria suprimida; escutava atentamente, talvez viesse o momento sem batida. Contudo, seus ouvidos logo a captaram, baixa, e a seguinte com o mesmo movimento, igual à anterior e à subsequente, como um zumbido ou um tinido contínuo nos ouvidos. Desejou fervorosamente que cessasse e com mais fervor aguardou alerta a próxima batida, temendo que não viesse.

Abriu os olhos de manhã ao som do despertador e os olhos grandes do pai estavam sobre ela, puxando-a para fora da cama, para fora do quarto, para fora da casa. Seguiram-na no bonde e na faculdade; a palma grande dele deu-lhe um empurrão nas costas para que entrasse no necrotério.

Ao lado da mesa de mármore, sustentava-se com um pé e erguia o outro no ar como se chutasse alguém; depois o pousava com toda a força e todo o peso na borda da mesa — uma postura que nenhuma moça daquele tempo conseguia manter, tampouco um moço. Com exceção do dr. Alauí, que passava pelas mesas com os óculos brancos e o jaleco branco curto. Parou à sua mesa, um pé no chão e o outro na borda, ao lado do pé dela. Os olhos azuis dele se fixaram nos dela. Mas Bahiya não baixou a cabeça. Seus olhos pretos estavam erguidos, cravados à frente, fitando o espaço como se procurassem por algo. Expeliam milhões de partículas que flutuavam no ar, examinavam as criaturas minúsculas que pairavam no universo e procuravam, entre os milhares de matérias parecidas, o rosto incomum, os olhos que, ao olharem para ela, a tornavam visível. Os olhos pretos que identificavam o rosto dela entre os demais e resgatavam seu corpo de entre os milhões de corpos perdidos no mundo.

Contudo, os rostos eram todos parecidos no necrotério, na rua e no bonde; no largo pátio lotado da faculdade, ela se sentia afundando no mar, sozinha, sem que ninguém a visse nem a distinguisse. Seu rosto ficou como o de suas colegas, não havia diferença entre Bahiya, Aliya, Suad ou Ivone. Ela correu sem se dar conta, fugindo da multidão até aquele cantinho isolado no espaço oposto da cerca da faculdade, atrás do prédio enorme. Sentou-se no banco de madeira sem encosto, inclinada para a frente, fitando um pedaço do chão do tamanho de uma palma, onde, ao contrário de seu entorno, não crescia grama verde e se mantinha da cor do barro, com finas rachaduras pelas quais entravam e saíam milhões de seres minúsculos do tamanho de uma formiga.

"Bahiya!"

O nome ressoou estranho em seu ouvido, como o nome de outra, e ela deu um salto do banco. Viu diante de si os olhos pretos penetrando seus olhos, tirando-lhe a máscara, arrancando a coberta, adentrando sem piedade e sem hesitar o porão longo e estreito de suas profundezas. Apenas um instante seria o suficiente para chegar ao fim.

Contudo, ela chamou em voz baixa: "Salim".

Ele permaneceu de pé em silêncio, olhando para ela. Bahiya perguntou: "Por que você me deixou ontem?".

Os olhos dele estavam fixos nos dela. Bahiya escondeu o rosto com as mãos e chorou.

Ele perguntou, murmurando: "Por que está chorando?".

"Você não me ama o suficiente."

"Você não ama ninguém o suficiente. Tem medo do amor como da morte e para no meio do caminho. Essa é Bahiya Chahin."

Ela gritou: "Não!".

Ele lhe deu seu lenço branco e ela secou as lágrimas. Seus olhos pretos brilharam na luz do sol e ele sorriu.

Perguntou: "O que você fez ontem à noite?".

"Nada."

"Você não desenhou algo novo?"

"Não."

Ele se calou por um instante, depois indagou: "E o que vai fazer hoje à noite?".

"Não sei", ela respondeu em voz baixa.

Ele pôs a mão no bolso e tirou uma chave pequena. Então lhe deu a chave, dizendo: "Esta é a chave do meu apartamento em Mokattam. Venha a qualquer hora depois das três. Vou esperá-la".

Ele desapareceu rapidamente atrás do prédio enorme da faculdade. Ela ficou ali parada, os dedos em torno de um pequeno objeto de metal, que tinha uma extremidade arredondada e lisa com um buraco no meio, e outra com dentes pequenos e pontudos, que ela apalpou com a ponta dos dedos, provocando um estremecimento pelo corpo; eram como grãos de areia macios e quentes que andavam em seus braços, desciam até os pés, depois subiam para a cabeça e baixavam até o pescoço e os braços, concentrando-se na palma que envolvia aquele objeto pequeno.

Era como qualquer outra chave, mas ela se deu conta de que as coisas mudavam conforme os sentimentos. Uma pequena chave de metal podia se transformar, de repente, numa chave atômica ou mágica, que movia o ar e a luz a seu redor numa vibração circular, enchendo o corpo de um calor que percorria a pele como um calafrio e se espalhava na palma, enchendo-a e se alargando por toda a extensão do braço, do comprimento da árvore até o céu, ou da terra plana até onde a vista alcançava.

Ela sentiu gotas de suor na palma quente sob a matéria sólida, e as pontas dos dedos ficaram geladas ao tocar a superfície de metal. Ela a embrulhou no lencinho e a enfiou no bolso. Com passos largos e rápidos, como um guepardo, atravessou o pátio lotado. Os olhos a cercavam de todos os lados, então ela enfiou a mão no bolso para esconder a chave, como se, com seu metal mágico, pudesse partir o lenço e o bolso, ficando exposta aos olhos, como o círculo solar.

Ela pressionou a mão no bolso sem se dar conta e se dirigiu para o portão da faculdade, mas ouviu uma voz chamá-la: "Bahiya".

Ela se virou e viu o dr. Alauí a sua frente com os olhos azuis por trás dos óculos brancos e rodeado por suas colegas.

Ele disse em tom professoral: "Bahiya, onde você estava? Eu estava procurando você".

Ela ficou confusa por um instante, depois respondeu: "Eu estava na sala das alunas".

Ele disse num tom que era quase uma ordem: "Venha comigo até meu escritório por cinco minutos".

Uma colega murmurou em seu ouvido: "Ele vai bater nos seus dedos com a régua".

Outra riu, pondo a mão na boca e dizendo: "Ele vai te dissecar com o bisturi".

Outra, ainda, esticou o pescoço e disse: "Ele vai te despedaçar".

Uma suspirou: "Sortuda! Quem dera fosse eu".

Gemidos, lamentos, suspiros, sopros ardentes de um desejo oculto e enterrado no corpo como um germe que quer devorá-lo, lacerá-lo, destruí-lo por inteiro, sem deixar sobras.

Bahiya entrou atrás dele no escritório. Ele já havia tirado o jaleco branco e os óculos brancos, assim como tinha relaxado os músculos tensos de professor, tornando-se um jovem esportista, de corpo magro e pele branco-avermelhada queimada pelo Sol. Seus olhos azuis estavam mais largos, como se surpresos.

"O que aconteceu com você esses dias, Bahiya? Você não é a Bahiya que conhecemos."

Ela tremeu de pânico, como se ele tivesse puxado de repente sua roupa e visto algo muito privado, algo que ela escondia dos olhos alheios, que guardava para si mesma. Apertando a gola da blusa em torno do pescoço, ela disse com voz zangada: "Sou a mesma de sempre".

Ele retrucou no tom professoral, confiante e calmo: "E sua ausência no necrotério?".

"Eu estava ocupada com a exposição."

"Não, Bahiya, não é a exposição. Você está ocupada com alguma outra coisa."

Seus lábios se abriram em surpresa, mas ela os fechou rapidamente, como se estivesse brava, e se virou em direção à porta para sair. Mas ele bloqueou o caminho e disse naquele tom professoral: "Você está ocupada com alguma outra coisa, Bahiya".

Ela encarou seus olhos azuis e replicou com firmeza: "Não".

Como se não tivesse ouvido a resposta, ele indagou com uma voz calma e cheia de autoconfiança: "O que está te ocupando, Bahiya?".

E ela reafirmou: "Nada".

Havia algo entre o dr. Alauí e ela, algo indeterminado e incompreensível, mas presente e palpável. Bahiya podia sentir em seus olhos azuis quando ele olhava para ela, e na voz dele quando falava com ela; às vezes, pensava nessa coisa, no que seria. Na verdade, ela o vira uma vez em seus sonhos. Ele vestia camisa e calças, seu corpo era magro como o de um jovem esportista, os braços peludos e avermelhados, queimados pelo Sol. Ele a ergueu e tentou abraçá-la, mas ela escapou. Conseguiu envolvê-la com os dois braços, tirou a mão dela de cima dos lábios e a beijou. Ela acordou e ele ainda a beijava; quando o empurrou, não encontrou ninguém e percebeu que tinha sonhado. Ela ficou surpresa: como o dr. Alauí podia tomá-la à força em seus sonhos, apesar de ela não o desejar quando acordada; pelo contrário, ela praticamente o detestava? Detestava seus olhos azuis intrometidos e sua risada. Ele não ria como riem as pessoas, ele ria com dignidade e maestria, e sua gargalhada era falsa e abrupta — mal se ouvia e já cessava. Sempre fazia as pessoas sentirem que era um professor, que sabia o que elas não sabiam, possuía o que não possuíam. O movimento de suas pernas ao andar sobre o tablado era como o dos professores, lento e autoconfiante, até relaxado. Suas nádegas eram um pouco flácidas por se sentar por longos períodos num assento bem confortável.

Sua mão peluda e avermelhada já estava na maçaneta da porta, e a outra mão no ombro dela, dando-lhe um tapinha, aquele gesto dos professores: um tapinha no ombro dos alunos. Mas, quando a mão dele tocou o ombro dela, ficou ali fixa por um momento como um toque rápido ou uma contração muscular involuntária. Sua voz tremia quando disse: "Bahiya, você sabe que eu me importo com você".

Ele se corrigiu com rapidez e acrescentou, com a entonação de professor, calma e confiante: "E o exame está próximo, eu me preocupo que você passe".

Na estação do bonde, ela olhou para o relógio: eram três e meia. Seu coração bateu forte; estendeu a mão sentindo o bolso. A ponta dos dedos colidiu com a extremidade metálica sólida, então afastou a mão, tremendo, como se carregasse nas dobras da roupa uma bomba — assim que tocasse explodiria e seu corpo se espalharia pelo asfalto em pedaços. O bonde chegou com sua multidão e seu barulho, e Bahiya se afastou das pessoas para que ninguém colidisse com ela; desistiu de subir no bonde e decidiu voltar para casa a pé.

Atravessou a rua Al-Kasr al-Aini e se dirigiu para a orla do Nilo. O Sol se refletia com intensidade na superfície da água, e o ar quente carregado de umidade leve e refrescante tocava seu rosto de modo agradável. Fechou os olhos sob os toques cálidos. A calçada estava vazia àquela hora da tarde e as janelas das casas fechadas com persianas; não havia ninguém à frente nem atrás. A batida de seus passos sobre o asfalto era nítida a seus ouvidos, batidas regulares e familiares. Porém, o que parecia familiar aos ouvidos se tornou, para seu cérebro, absolutamente estranho. As batidas no asfalto não vinham de seus passos, e sim de outros pés atrás dela. Ela se virou e não encontrou ninguém. Sentiu uma espécie de decepção. Como se esperasse por ele, ou se tivessem marcado um encontro e ele não apareceu. Ao mesmo tempo, ela se deu conta de que ele não estava atrás dela, mas que esperava por ela no apartamento em Mokattam, a qualquer hora depois das três.

Ela olhou de soslaio para o relógio; eram quinze para as quatro. Seu coração teve um sobressalto e depois parou; os olhos pretos estavam voltados para cima, o rosto longo e magro estava pálido, os cabelos pretos e curtos se dispersavam pelo pescoço e pelas orelhas, os ombros magros sob a blusa eram levemente curvados, os pequenos seios desapareciam e apareciam com a respiração, que subia e descia, e os dedos avermelhados envolviam a mala de couro abarrotada de livros de anatomia.

Ela chegou à praça Fam al-Khalig, a sua frente havia a rua do Nilo e a ponte que levava para sua casa em Al-Rawda; à direita, o Nilo; e à esquerda, a rua que segue em direção a Mokattam. Quem a visse pensaria que ela viraria o corpo para a esquerda e subiria, mas ela não fez isso, permaneceu parada; percebia que essa virada significaria para ela algo imenso, momentoso: ela não seria mais Bahiya Chahin; iria se tornar aquela pessoa mais forte, que ela desejava e temia na mesma medida.

Um instante notável e assustador, parecia a morte. Na verdade, era uma espécie de morte: uma pessoa morreria e outra nasceria. Um breve instante, em que seu corpo se viraria para a esquerda; era o tempo de um pé se erguer do chão e baixar, ou de uma pálpebra baixar sobre o olho e se erguer. Ainda assim, pareceu-lhe como o instante de uma vida toda, todos os anos que vivera e que viveria, toda a sua vida que se aglomerara e estava agora sob seu pé: bastava erguê-lo e abaixá-lo para esmagá-la e dizimá-la como o pó fino das cinzas.

A rua à esquerda não era mais uma rua. As ruas, assim como todas as coisas, mudam a cada instante como muda nossa visão, ou o sangue em nossas veias a cada batida do coração, uma após a outra, o ar no peito a cada nova inspiração e a água do mar a cada onda. A rua ficou longa, emergindo das profundezas da montanha como um braço comprido e esticado. Acima dela, uma faixa de céu surgia confinada entre a montanha e os prédios, como um segundo braço. Dois braços enormes como os do deus fictício irrompiam diante dela, como as mandíbulas do destino dilatadas no horizonte em toda a sua extensão e largura, à espera de que virasse o corpo na direção delas.

Sem dúvida ela queria se virar e se jogar entre aqueles braços estendidos, mas seu corpo resistia, e ela não conseguiu erguer o pé do chão. Ela estremeceu, então a mala de couro caiu de sua mão e os livros de anatomia se espalharam pela calçada.

Olhou de soslaio a etiqueta branca na capa grossa: "Bahiya Chahin, Primeiro Ano de Anatomia". Seus braços se contraíram, recusando-se a recolher os livros, mas o corpo se inclinou; então ela pegou os livros e os guardou na mala. Essa inclinação foi o suficiente para trazer de volta Bahiya Chahin com toda a sua força e influência. A outra desapareceu no porão profundo. Seus pés avançaram apressados e firmes no caminho de casa.

O movimento de seu corpo ao andar parecia forte e triunfante, mas o sentimento verdadeiro era outro. Ela se sentia derrotada e, quando viu sua casa ao longe, seu coração apertou. Como um condenado à prisão perpétua quando arrastado para o cárcere pela força de grilhões de ferro que envolvem seus pés e mãos, ela sentia as correntes em volta dos punhos, tornozelos e pescoço, puxando-a sem piedade nem misericórdia para aquela pequena casa vermelha.

A partir daquele momento, a casa não era mais sua — nem o quarto nem a cama. As coisas mudam feito a pessoa, não apenas na forma, mas no significado também. Nunca sabemos a verdade das coisas, e vemos apenas aquilo de que temos consciência. Nossa consciência é a única coisa que determina a forma do mundo ao nosso redor: tamanho, movimento e sentido.

Ela considerava a casa um lugar seguro; nela, buscava refúgio da multidão do bonde e da faculdade, do calor do sol e do frio do inverno. Encontrava ali seu pai, que lhe dava mesada;

sua mãe, que a alimentava; e seus irmãos, nos quais via feições similares às suas. Tudo a seu redor evocava segurança.

No entanto, a casa agora se tornara uma prisão, e seu pai, o carcereiro; sentado à espreita na sala em sua cadeira de Assiute, vigiava tudo que ela fazia, tentando descobrir os segredos de sua alma por trás de suas expressões. A mãe, procurando revelações, cartas de amor ou fotos de um jovem, deixava as digitais nos papéis pessoais de Bahiya na gaveta da escrivaninha e embaixo do travesseiro. Os olhos dos irmãos a cercavam com perguntas, em todo lugar. Mas o pior de tudo era a visita quase diária do tio paterno com a esposa e o filho formado em administração — o pretendente para se casar com ela desde a infância —, com aquele sorriso bobo nos lábios e uma felicidade estúpida e homicida.

Ela sabia muito bem que não pertencia àquela família, que o sangue que corria em suas veias não era o mesmo. E se o laço sanguíneo fosse tudo que a ligava a essa família, então ela duvidaria desse laço, duvidaria do sangue que corria em suas veias ou do que corria nas veias deles. Será que a mãe dela a dera à luz? Talvez a tenham encontrado perto da mesquita, uma órfã. Se, ao contrário, a mãe realmente a dera à luz, quer o pai tenha tido participação ou não, isso não significava que ela pertencia a eles. Com efeito, aquele laço que chamavam de laço de sangue não era um laço, na visão dela. Pois seria um laço sem a vontade de ninguém, sem liberdade. Foi o puro acaso que a fez filha da mãe e do pai dela, sem escolha de sua parte nem da deles.

Ela não sabia como chegara a esse ponto da reflexão, mas queria alcançar uma verdade única: que a vontade do ser humano era o que dava sentido ao laço. E queria a partir dessa verdade chegar a outra verdade: que havia um laço de qualquer tipo entre ela e Salim, um laço que o fazia, ao vê-la entre milhares de pessoas, parar e se dirigir a ela, e que fazia com que ela, à exclusão de milhares, parasse e se dirigisse a ele. Esse movimento intencional em direção a ele era a única coisa que dava sentido ao laço, e mais, que dava sentido a sua vida, pois qual seria o sentido de sua vida?

Ela não sabia qual era. Não sabia exatamente o que queria da vida. Tudo que sabia era que não queria ser Bahiya Chahin, não queria ser a filha de sua mãe nem de seu pai, não queria voltar para casa, não queria ir para a faculdade, não queria ser médica, não queria ter muito dinheiro nem um marido respeitável, nem filhos, nem uma casa, nem um palácio, nem nada disso. O que ela queria?

A mente de Bahiya Chahin não lhe pertencia. Ela tinha uma mente com vida própria, que sentia sob o córtex cerebral grande e volumoso, que preenchia seu crânio, dizendo-lhe de um modo demoníaco e oculto que todas aquelas coisas não significavam nada, que ela queria outra coisa, algo completamente diferente, desconhecido e conhecido ao mesmo tempo, determinado e indeterminado, que ela conseguia desenhar com a ponta do pincel na tela branca com um traço preto determinado. Mas que, quando se olhava para ele com aqueles olhos pretos, se tornava uma linha longa e esticada no horizonte, em toda a extensão e largura do horizonte, sem começo nem fim conhecidos.

Como uma errante ela andava de uma rua a outra, feito uma partícula de ar perdida entre milhões de partículas que flutuavam no universo, entregando-se ao ar que a movia em qualquer direção. De fora, ela parecia completamente rendida à sensação de perda, como se desfrutasse a dissipação e a aniquilação completa no universo. Contudo, por dentro ela resistia, contraía os músculos e resistia aos movimentos não intencionais, recusava-se a se render e com toda a força impedia seu pé de se mover, queria parar.

Como um cavalo indomável, ela se encontrou paralisada, com o longo e magro corpo ereto, os olhos pretos mirando para o alto, os cabelos pretos espalhados na testa, nas orelhas e na nuca, o nariz arrebitado e pontiagudo e os lábios apertados de raiva.

Ela girou o corpo para saber onde estava. Era um lugar para onde nunca tinha ido. Nunca vira aquelas casas; as pessoas passavam por ela, iam e vinham num movimento incansável. Ninguém a conhecia, nem ela conhecia alguém. O sangue subiu ao coração numa batida forte, suas respirações se sucediam muito próximas umas das outras, feito as de quem está se afogando no mar, como se houvesse água em cima dela e nem as mãos nem os pés conseguissem se segurar em algo sólido.

Com dedos trêmulos e alarmados, ela moveu a mão como quem procura, em meio à água, por um bote salva-vidas. Quando os dedos tocaram a extremidade sólida em seu bolso, fecharam-se em torno da chave de metal. Ela a pressionou, como se quisesse se certificar da verdade de sua existência, ou como se procurasse sentir, naquela solidez, que na vida havia algo consistente, algo que era possível tocar com os dedos.

Com a mesma velocidade e força com que toma impulso um corpo que está se afogando ao tocar algo sólido, seu corpo e os pés avançaram sobre o asfalto, firmes e rápidos. Seus olhos procuravam, na malha de ruas entrelaçadas, pelo braço estendido entre o coração do horizonte e o céu azul confinado entre as casas e a montanha. Ela quase correu; na verdade, ela correu. Com um movimento rápido dos olhos, olhou para o pulso. Eram quatro e meia. Seu coração subiu e desceu, o peito passou a se elevar e baixar, e os pés seguiam, um depois do outro, como se apostassem corrida com a respiração.

A pequena porta acima da qual pendia um ramo de hera verde se abriu e ela viu o rosto dele, longo e magro, as feições profundas, absortas e exaustas, como se não dormisse nem comesse, e a cabeça suportasse as preocupações do mundo e das pessoas. Seus olhos eram de um azul profundo, no limite do preto, ou pretos no limite do azul, e seu olhar penetrante trespassava as cobertas e as máscaras, alcançando uma profundidade longínqua.

"Olá, Bahiya."

Ela se surpreendeu com o toque da voz dele em seus ouvidos, e o nome Bahiya se tornou especial. Não era o nome Bahiya, qualquer Bahiya, mas ela em específico, ela sem os outros, sem os milhões, nessa sua existência própria, de pé naquela sala estranha.

A sala era desprovida de móveis, exceto por um grande sofá no canto e uma mesa com um vaso de rosas. Havia uma janela grande de vidro, com vista para a enorme montanha. Bahiya se sentou no sofá e ele se virou para fechar a porta atrás dela, voltando as costas para seus olhos. O rosto, os olhos e as feições dele não ficaram mais visíveis, pareceu um homem estranho que ela não conhecia. Ao ouvir o barulho da porta se fechando, ela se lembrou imediatamente de que era Bahiya Chahin, uma aluna esforçada de medicina, de conduta e modos impecáveis, e que estava agora na casa de um homem estranho, suas costas eram como as de outros homens, e nada a conectava a ele. Ela ficou perplexa, era como nos sonhos quando uma pessoa se vê em lugares que nunca estivera e encontra pessoas estranhas que jamais encontrou.

Sua mente começou a trabalhar com a velocidade dos sonhos, criando diversos cenários. Ela imaginou o pai sentado na cadeira de Assiute na sala, tomando café da manhã: ele abre o jornal e, na primeira página, vê o corpo da filha Bahiya, nua e morta no apartamento de um jovem solteiro no bairro de Mokattam. O pai acreditava que Bahiya só conhecia o caminho da casa até a faculdade; que ela rezava e fazia jejum; que estudava quatro horas por dia; que, quando tocava uma música de amor no rádio, ela o desligava; que, quando um jovem da família ria com ela, ela o repreendia; que ela não era como qualquer outra moça; que seu corpo não era como o de qualquer outra moça; que, na verdade, ela não tinha um corpo nem órgãos, muito menos aqueles membros sexuais que podem ser excitados ou tocados pelo outro sexo.

Sua imaginação era incapaz de calcular o choque do pai ao ver o corpo nu da filha obediente e educada — e não no quarto dela, mas no apartamento de um jovem. Não eram apenas seus olhos que a viam, mas os milhares de olhos que liam o jornal de manhã. Entre eles, os olhos dos membros da família respeitável e vasta, espalhada pelo país desde Assuã até Alexandria, e, especialmente, os olhos dos camponeses e os do Alto Egito, os olhos de todos os funcionários do Ministério da Saúde, de seus superiores e subordinados, os quais ele convencera durante trinta anos de que era um secretário competente, de origem respeitável e de reputação honorável, de que todos os seus filhos e filhas tinham conduta e modos impecáveis, especialmente Bahiya Chahin, uma aluna esforçada de medicina.

Ela estremeceu, do mesmo modo que acontecia nos sonhos. Teve certeza de que estava pronta a pagar com a própria vida para impedir que o pai recebesse esse choque. Ela poderia morrer, ser despida e despedaçada, com a condição de que seu pai não a visse nem ficasse sabendo. Ela amava o pai, apesar de tudo: quando ele lhe estendia a mão todo dia com o papel surrado de dez piastras, seu coração afundava pesado no peito como uma pedra, e quando os dedos dela amassavam o papel úmido com o cheiro do suor do pai, ela quase escondia o rosto e chorava. Sabia que ele trabalhava duro e passava por dificuldades por ela e por seus irmãos; às vezes, ela o via atravessar a multidão com o corpo magro e as costas curvadas — quando atravessava a rua repleta de carros velozes, ela estremecia com medo de um carro atingi-lo. Certa vez, ela o vira de pé no degrau do bonde por causa da lotação e imaginou que o degrau desabaria sob tantos pés e o corpo do pai ficaria debaixo das rodas. Um dia, ela foi para o escritório do pai no ministério e o avistou no corredor andando atrás do chefe, as costas mais curvadas ainda, os músculos do pescoço mais frouxos, a cabeça inclinada para a frente em submissão. O chefe andava diante dele com um movimento de superioridade: as costas eretas, os músculos do pescoço rígidos e a cabeça inclinada para trás, exibindo arrogância.

Naquele instante, ela quis que o chão se abrisse e a engolisse; quando o pai subiu no bonde ao lado dela e sorriu, ela não sorriu de volta e evitou olhar nos olhos dele até o dia seguinte. Quando ele lhe estendeu a mão com o papel úmido de suor, ela quase o recusou, mas acabou pegando o papel e se sentiu humilhada; com grande dificuldade ela levou o olhar até ele e viu o preto daqueles olhos cintilar sob uma lágrima translúcida e invisível.

Ela se levantou de um salto e, antes de ficar completamente de pé, ele já tinha se virado e seu rosto estava diante do dela, e seus olhos nos dela. Então, seu ser foi percorrido por aquela corrente mágica que a fez sentir, imediatamente, que tudo no tempo e lugar fora daquele instante não tinha sentido nem existência verdadeira, e que toda a sua vida, o que vivera e o que viveria, não era a vida dela, e sim de outra pessoa. Nada a conectava com o mundo no qual havia vivido, ou com as pessoas que conhecera, nada a conectava com nada, exceto com esse rosto de olhos pretos e azuis que fitavam seus olhos e confirmavam a existência verdadeira dela.

"Salim."

Sua voz ressoou estranha na sala, como a voz de outra, e ela se surpreendeu. O nome "Salim" também se tornou estranho a seus ouvidos, como o nome de outro. Ela o repetiu para si mesma diversas vezes para tornar sua vibração familiar aos ouvidos, mas, a cada repetição, tornava-se mais e mais estranho. O nome dele era Salim e o dela, Bahiya; o nome dele não era mais estranho do que o dela ao ressoar em seus ouvidos. No entanto, quão longe estão os nomes da verdade das coisas, e quão incapazes são os sentidos do ser humano de perceberem o que a pessoa sente! O que ela sentia por ele era algo maior do que aquilo que seus ouvidos podiam escutar, do que seus olhos podiam ver, do que seu nariz podia cheirar e do que seus dedos podiam tocar. Ela teve certeza, naquele instante, de que o ser humano tinha outros sentidos desconhecidos, ainda não revelados, que jaziam latentes, encolhidos no fundo da alma. E eles tinham mais capacidade de sentir do que os sentidos conhecidos, pois eram verdadeiros e naturais: não foram corrompidos pela educação em casa ou na escola, nem por regulamentos, leis, tradições, nem por nada, como o rio que corre livre sem barragens, ou a chuva que cai do céu sem obstáculos nem impedimentos, estancando por si só ao ser absorvida pela terra.

Ela estava sentada no sofá com ele ao lado; a sua frente, ficava a janela de vidro com a montanha no fundo, e atrás dela o céu azul tingido pelo vermelho do sol no fim da tarde. A luz solar refletiu em seus olhos como um sorriso radiante, então ela riu desenfreada e disse, andando até a janela: "A vista daqui é maravilhosa".

Bahiya pensou que ele desviaria os olhos dos dela e olharia para a janela, mas ele não fez isso, seus olhos permaneceram nos olhos dela. Ela titubeou.

"Por que você não está olhando? A vista não é maravilhosa?"

"Você é mais maravilhosa do que a vista."

Ela desviou o olhar, e ele se surpreendeu.

"Por que está afastando os olhos?"

"Não sei. Mas seus olhos às vezes parecem não ser seus", ela disse, confusa.

"São os olhos de quem?"

"De outro homem."

"E quem você prefere: o outro homem ou eu?"

"Você."

Ele riu e ela riu.

"Quer beber alguma coisa?", ele perguntou.

"Não."

"Quer comer alguma coisa?"

"Não."

Ela riu novamente sem motivo. Ao ouvir o som da risada em seus ouvidos, ela se perguntou se aquele momento era a felicidade, e se a felicidade significava que o mundo desaparecia com tudo e todos que estavam nele, restando de toda a existência apenas aquela pequena área do sofá, que reunia os dois corpos próximos, mas ainda sem se tocarem, separados por uma distância de ar que não passava de um milímetro.

Ela tentou agarrar o momento de felicidade para conhecer seu verdadeiro sabor, mas era tênue e transparente, como uma camada fina de ar. Assim que ela ergueu a mão e o tocou, o momento se desfez. A mão dela estava próxima da mão dele no sofá, separados por um fio de cabelo, mas nenhum deles moveu a mão, temendo desfazer o fio de cabelo e com ele o momento de felicidade fino como um véu.

Os dois estavam angustiados, antecipavam seu fim, pois a felicidade é um sentimento que o ser humano não pode suportar mais do que por um momento. Ela fica suspensa no tempo como uma partícula de ar flutuando no universo, nem a terra a atrai, nem o céu a puxa... suspensa. É tão difícil para o ser humano ficar suspenso entre o céu e a terra; é tão forte a vontade de pisar a superfície da terra ou de qualquer corpo sólido, pois o peso certifica sua existência verdadeira.

Assim como a força da terra que atrai os corpos, não restou entre eles nenhuma distância de ar: os braços dele se enroscaram em torno dela e os dela em torno dele, com aquele desejo violento de se dissipar no universo, de perder o sentido do corpo e de seu peso, de ser completamente aniquilado e desvanecer na atmosfera como partículas de ar, como a morte — se alguém pudesse morrer e tornar a viver para nos descrever a morte. Mas também não era exatamente como a morte, pois a morte é morte, e talvez o ser humano perca os sentidos. Era como perder e não perder os sentidos, o corpo se desvanecer e permanecer presente, o mundo acabar ao seu redor, mas se manter vivo. Como se o céu se tornasse a terra e a terra o céu, todas as coisas se entrelaçassem, entrosando-se e se mesclando numa coisa só ou num só ponto, no meio da cabeça, pulsando com um movimento perceptível como a batida do coração, só que mais forte.

Em seus ouvidos ela escutava as batidas do coração dele, que se tornaram as batidas do coração dela. Com grande dificuldade ela conseguia distinguir seu corpo do dele; a temperatura, o cheiro, a cor da pele, o movimento do sangue nas veias... tudo nos dois era parecido, como se fossem um só corpo. Bahiya quis murmurar alguma coisa no ouvido dele, mas não encontrou o que dizer. Ela esteve a ponto de dizer, por exemplo, "eu te amo", mas, antes que saíssem de seus lábios, essas palavras pareceram limitadas, incapazes de expressar o que ela sentia de verdade. Pois o que significava "eu te amo"?

O silêncio conseguia expressar a verdade de seu sentimento, pois pelo silêncio ela dizia algo momentoso, que as palavras de uso comum entre as pessoas não davam conta de expressar; ela precisava de outras palavras, que ela mesma criaria, uma língua nova que as palavras antigas e triviais não elucidavam. Ele também estava em silêncio, absorto, como se procurasse o segredo do momento de conexão eterna, quando o corpo deixa de se sentir separado do mundo, tornando-se uma coisa só com ele, um ser enorme que preenche o espaço entre o céu e a terra.

Quando ela ergueu o olhar, viu a montanha pelo vidro da janela e percebeu que voltava, pouco a pouco, para seu lugar no sofá. Ela apalpou o corpo com a mão e descobriu que tinha um corpo próprio e separado do corpo dele. Seus olhos se arregalaram de surpresa, mas ela o viu a sua frente, deu um sorriso e perguntou: "Isto não é estranho?".

"O que é estranho?"

"O que acontece entre nós."

"E o que acontece entre nós?"

"Algo estranho."

"Por que estranho?"

"Com essa rapidez? E sem palavras?"

"A vida verdadeira é sem tempo, e as palavras foram criadas pelas pessoas para justificarem sua vida não verdadeira."

Ela riu e ele riu também.

"Mas como podemos nos entender com as pessoas?", ela perguntou.

"Isso é impossível, Bahiya. As pessoas não querem uma pessoa verdadeira, se acostumaram a falsificar tudo, até a si mesmas. Com o passar do tempo, esqueceram sua forma verdadeira. E, quando veem uma pessoa verdadeira, sua verdade as apavora a ponto de quererem matá-la — ou matá-la de fato. Por isso, essa pessoa será sempre e inevitavelmente perseguida, morta, condenada à morte, presa ou isolada num lugar longe dos outros."

"Num apartamento na montanha de Mokattam", ela completou.

"Num apartamento na montanha de Mokattam."

"Eu te amo, Salim."

Seus olhos pretos e azuis estavam pregados no céu e na montanha, e ele permaneceu calado por um longo tempo, como se absorto em algo longínquo. Ela queria perguntar: "Você me ama, Salim?", e escutar a voz dele soar a resposta nos ouvidos dela: "Eu te amo, Bahiya", mas a pergunta lhe pareceu sem sentido. Pois para que serviria a resposta dele? Ela o amava, e se ele a amava ou não, não mudaria em nada o amor dela.

"Em que você está pensando, Salim?"

"Talvez tenhamos um bebê daqui a nove meses."

Ela estremeceu fortemente. Sua mão sobre o braço do sofá tiritou, e Bahiya percebeu que, no punho, havia dois ponteiros que indicavam que eram sete e meia. Com aquele sentimento letárgico e pesado, ela se lembrou da casa, da faculdade, do pai, do necrotério e do bonde; de suas colegas e de seus colegas, do dr. Alauí, do bonde, das ruas, das pessoas e do mundo todo do qual ela se separara e para o qual pensara que não voltaria mais.

Ela se perguntou, atônita: "Um bebê?".

Essa ideia ainda não lhe passara pela cabeça, e ela nunca havia imaginado que os bebês eram gerados rápido assim, num transe como aquele "fora do mundo" e numa separação total da terra. É possível que aquele corpo que se diluiu no universo e se desvaneceu crie, no momento do desvanecimento, um corpo definido e conectado com a terra? É possível que o momento inexistente gere um momento existente e corpóreo que os dedos podem tocar e segurar?

Ela começou a sentir a nova pulsação em suas profundezas, feito uma vida mágica que nascera da inexistência. Como aquele que olha para uma rocha fixa na montanha e de repente a vê se mover e pulsar regularmente, igual ao batimento do coração. Seus lábios se abriram em surpresa e alegria, e ela exclamou, pondo a mão no coração:

"Olhe, Salim, está se movendo."

Ele a viu olhando para a montanha, então perguntou surpreso:

"O que está se movendo?"

"A montanha", ela disse, rindo.

Ele riu junto. Contudo, ela parou de rir depois de um momento, percebendo que sua alegria não era verdadeira, que a montanha não se movia, estava fixa, imóvel, assim como a terra, as paredes, o sofá e tudo a seu redor, exceto aqueles dois ponteiros no punho com seu movimento idiota, devagar e monótono, que a faziam recordar que o tempo passa e não volta, que os momentos de sua vida caem na inexistência e vêm da inexistência, restando apenas aquela vibração absurda dos dois ponteiros de metal dentro da caixinha de metal do tamanho de uma piastra e com uma cobertura de vidro.

Ela chamou com uma voz triste:

"Salim."

"Sim, Bahiya."

"Eu não quero voltar para casa."

"Não volte."

"Mas..."

"Mas o quê?"

"Meu pai, minha mãe, a faculdade, as pessoas e..."

"E Bahiya Chahin."

Ela sentiu as gotas de suor na palma das mãos e nas axilas, e sua compleição ficou pálida como a de Bahiya Chahin. Seus olhos estavam menos pretos e seu nariz menos elevado. Tentou erguer a cabeça, deixar os olhos pretos como estavam antes e elevar o nariz pontiagudo, partindo o mundo em dois, para seguir adiante sem hesitar, sem medo, e chegar ao fim, o fim do fim. Contudo, Bahiya Chahin já havia voltado para ela. Como voltara? Ela não sabia. De repente, sem perceber, ela se levantou, pegou a mala de couro abarrotada e se dirigiu para a porta.

Enrolada em sua cama, naquela noite, ela pensou que o que havia acontecido fora apenas um sonho. Se não tinha sido um sonho, tratava-se necessariamente de um acidente casual que ocorreu na vida normal sem sua vontade, como os acidentes do destino. Ela então voltou com um poder potente para seu lugar habitual na cama, de corpo intacto, com todas as suas partes e limites externos familiares.

No entanto, com a outra mente diabólica ela percebia que esse acidente casual era a única coisa verdadeira em sua vida. Ele não era casual, nem um sonho, nem o destino, nem uma coincidência, mas sim a única coisa que ela havia feito por vontade própria, a única coisa que ela quisera fazer.

Sua vida inteira se deu contra sua ação e sua vontade. Foi a mãe quem a gerou, e o pai quem a matriculou na faculdade de medicina. A tia doente do tórax queria que ela se especializasse em doenças do tórax; o tio, que ela fosse uma médica bem-sucedida para receber um monte de dinheiro dos pacientes e se casar com o filho dele, formado em administração; o dinheiro dela renderia com a experiência em negócios dele, e eles teriam filhos para herdar sua riqueza e carregar o nome dele, do pai dele e do avô dele.

Cada um lhe dizia o que queria, mas ninguém lhe perguntava o que ela queria. E a verdade é que ela não queria nada do que eles queriam: não queria ser médica, muito menos médica de doenças do tórax. Ela via as filas de tuberculosos como esqueletos humanos, os médicos de doenças do tórax tinham um corpo cheio, gordo e flácido. Ela não gostava do tio nem de seu filho formado em administração. Ele era um jovem atraente na visão de toda a família, pois era alto e magro, de pele branca, bochechas rosadas e olhos que brilhavam de saúde e felicidade; suas feições tinham a inocência das crianças, como se ele ainda fosse amamentado. Sorria para todos com um sorriso feliz.

Ela odiava o sorriso e a felicidade dele, devolvendo-os com uma careta, os lábios apertados de raiva. Mas ele não se enraivecia e pensava — como um imbecil ou com a arrogância dos homens estúpidos — que ela escondia sua admiração por ele sob aquela careta. Ele lhe dizia com sua voz monótona: "Eu entendo as meninas: dizem 'não', mas seu coração diz 'sim'".

Se ela fosse dona de sua própria vontade, cuspiria na cara dele. Entretanto ela não fazia nada por vontade própria. Quando via o pai sorrir para ele, ela também sorria, indagando: "Quem disse que eu sou uma menina?".

Eles já haviam se acostumado a essa pergunta e não se irritavam. Pelo contrário, o pai sentia um leve contentamento, como se ele se orgulhasse — com sentimentos ocultos — de sua filha não ser uma menina, ou como se, no fundo, desejasse que ela não fosse uma menina. Ela sabia que o pai era sincero em seu contentamento, que ele queria que ela fosse um menino, mas a mãe quis outra coisa e a gerou menina. Ou talvez não tenha sido a mãe, e sim o puro acaso, que a fez mulher.

A palavra mulher, ao atingir seus ouvidos, soava como uma vergonha, como a genitália nua, como o primeiro genital que viu na vida. Ela se envergonhava quando tirava a roupa no banheiro; não conseguia olhar para o corpo nu no espelho. Quando aproximava os dedos de sua genitália ao tomar banho, afastava-os rapidamente, como se tivesse tocado uma região eletrificada ou proibida. Ainda estava visível em sua mão a marca da mão da mãe, que bateu nela quando era criança — a marca de seus grandes dedos gravados em sua memória e em sua pele, como tatuagem. A voz da mãe ainda ecoava em seus ouvidos: "Prometa nunca mais fazer isso!". Mas ela não pronunciou a palavra "prometo" e não prometeu, pois o que poderia haver naquela região proibida? Com dedos trêmulos, ela examinava o corpo, sentia de alguma forma que algo poderoso estava escondido naquela região proibida, que ela não conseguia tocar nem ver, mas que estava presente. Sentia isso com convicção ao mover as pernas. Os dedos da mãe vacilavam quando se aproximavam da região ao lavá-la. Algo necessariamente grave e assustador. Mas ela o carregava no corpo, como uma parte dela, que não se separava dela. Às vezes se esquecia e pensava que era um dos mitos que enfiaram em sua cabeça quando era criança. Outras vezes, tornava-se uma verdade certa e nua, como um fio elétrico — bastava o menor toque para seu corpo estremecer.

"Bahiya."

A voz do pai ressoou em seus ouvidos como um tiro. Como a única voz da verdade, ela percebeu que era Bahiya Chahin, uma aluna esforçada de medicina, de conduta e modos impecáveis, a virgem casta, que não foi tocada pelo homem e que foi criada sem órgãos sexuais.

Ela puxou a coberta sobre a cabeça e fingiu dormir, mas ouviu os passos do pai no quarto, se aproximando da cama. Seus grandes dedos ergueram a coberta, seus olhos fitaram os dela; ele descobriu, estupefato, que ela não era Bahiya Chahin, não era a filha dele, não era educada, nem obediente, nem virgem, que havia sido criada com órgãos sexuais, nítidos e visíveis, visíveis debaixo da coberta e das roupas; não apenas visíveis, mas com movimento, como o da vida, pulsante feito a batida do coração.

Com seu movimento, ela removera o obstáculo que estava a sua frente, rompendo a membrana que se interpunha entre ela e a vida, uma membrana fina, intangível e invisível, como uma placa de vidro, que a separava do próprio corpo e se situava entre ela e a verdade. Transparente como o vidro, ela se via através dela, mas era incapaz de tocá-la ou de senti-la.

Exatamente feito vidro, ela se quebraria com o menor movimento, ou o menor pulo.

A mãe suspirava quando a via saltar de cima da escada. Bahiya ouvia o coração bater no peito, contraía os músculos da perna, juntava as coxas com força e andava em direção à mãe com o andar comum das meninas: as pernas coladas, uma perna mal se separava da outra. No momento em que se separassem, ela imaginava que algo cairia do meio delas e se quebraria como vidro.

Assim que a mãe desapareceu na cozinha, ela voltou a saltar. Não lhe bastava pular de cima da escada. Ficou de pé na beira da sacada (a casa ficava no primeiro andar) e saltou, gritando de alegria quando sentiu o corpo voar no ar sem peso, leve como uma partícula, a terra não a puxava mais — ela tinha se livrado para sempre de seu domínio de ferro. Mas tudo durou apenas um instante, um só grito de alegria; a terra a puxou com aquela força louca — ela despencou como uma estrela cadente. Seu corpo bateu contra o chão como um pedaço de rocha.

Ela se levantou, sacudiu a poeira da roupa e verificou os braços e as pernas. Tudo estava no lugar, os ossos como eram, não se quebraram. Ela percebeu com uma sensação oculta, mas convicta, que a mãe a enganara, que nada se quebraria em seu corpo. Ela saltitava ao caminhar, movia as pernas com liberdade, separava-as com força, e constatava que não havia nada de vidro entre elas. Subiu na sacada uma segunda vez, e uma terceira, e uma quarta... e uma vigésima vez, e, com cada pulo, aumentava a certeza de que nada nela se quebraria; seus músculos eram fortes, seus ossos sólidos. Ela chutava o ar com os joelhos orgulhosamente, como seu irmão fazia ao andar; ficava ereta, elevava a cabeça e fixava os olhos pretos e afiados na vida, sem piscar. Com um brio incomum ela movia os pés no chão e quando parava erguia um pé sobre qualquer cadeira ou mesa; erguia-o com toda a confiança em cima de qualquer borda alta, como fazia o pai quando ficava de pé na sala — e com o mesmo orgulho.

No entanto, a mãe batia no joelho dela para abaixar o pé, dizendo:

"Que vergonha, Bahiya, você não vê como suas colegas meninas ficam de pé?"

Ela olhava para as colegas e via as pernas gordas e coladas, o olhar submisso, como o dos cadáveres estendidos na mesa, e o bisturi entre os dedos delas, que tremiam ao se aproximar do útero ou do órgão masculino.

Bahiya tinha raiva do olhar submisso delas e sabia que não pertencia a esse sexo, que nada nela se quebraria. Quando ela erguia os olhos, eles se mantinham erguidos; quando os fixava, ficavam fixos. Não havia força alguma na Terra que pudesse tornar seu olhar submisso.

Na manhã seguinte, ela foi para a faculdade, como todos os dias, e entrou no necrotério, como todos os dias, mas sua entrada não foi de modo algum como a de todos os dias; seus pés não eram seus, a mão que segurava a mala não era sua, os olhos com os quais encarava as coisas não eram seus. Quem a visse pensaria que ela era a mesma que esteve ali ontem, e antes de ontem, e antes de antes de ontem, mas, com certeza, não era ela, de jeito nenhum. Era outra, diferente, e as coisas se tornaram diferentes diante de seus olhos — de tamanho menor, de cores mais fracas e de movimento mais lento. O corpo dos alunos estava menor e as pernas das alunas rastejavam devagar, como répteis, uma perna mal se separava da outra e, caso se separasse, logo voltava a grudar. Com força a moça juntava as coxas, como se algo valioso fosse cair do meio delas assim que se separassem. A mala de couro abarrotada de livros de anatomia ficava sobre o peito para esconder algo valioso dos olhos dos alunos e de seus cotovelos pontudos. Nenhuma aluna podia andar sozinha; elas deviam andar sempre em grupo, como um bando de patos. Caso uma delas ficasse sozinha no pátio da faculdade ou no auditório, apressaria o passo, batendo o salto alto para alcançar as colegas e esconder seu corpo entre o delas.

Ela notou o dr. Alauí passar entre as mesas e, em seguida, saiu pela porta de trás do necrotério. Andou no pátio largo, olhando ao redor como se procurasse alguém. Entrou na exposição e se virou para os quadros para contemplar suas pinturas. Seus olhos pretos buscavam os olhos pretos e azuis e o rosto magro de feições exaustas e definidas. Ela deixou a exposição e andou no pátio com passos lentos, escrutinando o rosto dos alunos. Todos os rostos se pareciam, os movimentos se pareciam, as vozes se pareciam. Quando os olhos deles olhavam para ela, não a viam, e Bahiya afundava no mar sem que ninguém a visse nem a distinguisse; o rosto dela era igual ao de suas colegas, não havia diferença entre Bahiya, Aliya, Zakiya ou Ivone.

Ela correu para a rua sem se dar conta. Reconhecia os passos em seus ouvidos; a rua não era plana como todas as ruas, mas, ao contrário, se elevava, assim como o corpo dela, ofegando. Seus olhos eram puxados para aquela casa cinza da cor das nuvens, puxados por fios finos — como os fios de seda invisíveis. Ela se movia veloz, tal como o sangue em suas veias; subia com o calor do sangue e sua quentura, com a força da atração em direção a seu destino, qualquer que fosse ele, mesmo que significasse a morte e a aniquilação completa.

Com dedos trêmulos, ela colocou a chave na porta e entrou. Permaneceu parada na sala vazia. Podia ouvir as batidas do coração, suas respirações se seguiam muito próximas umas das outras, o peito subia e descia. Ela chamou em voz baixa: "Salim". Mas a casa estava vazia. Ficou perplexa como nos sonhos, quando as coisas que seguramos somem num instante, ou o corpo que envolvemos nos braços desaparece num piscar de olhos e, quando os abrimos, vemos na escuridão apenas a parede e a cama em que estamos deitados.

Apalpou o que estava embaixo dela e descobriu que era o sofá no qual se sentara no dia anterior. Estendeu o braço na escuridão, batendo na parede sólida e fria. Fechou os olhos novamente e pensou que sonhava. Mas não estava sonhando; constatou que Salim não estava ali, que ela estava sozinha na casa vazia dele, sentada no sofá e desperta. Tentou se certificar de que estava acordada, mas falhou. Não havia um método de se certificar além de tocar o próprio corpo, mas ela também fazia isso nos sonhos quando tinha dúvidas sobre ele. Esse fracasso a aterrorizava, pois ela não era capaz, de jeito nenhum, de se certificar de nada na vida. A tentativa de ter certeza apenas aumentava suas dúvidas.

Quando abriu os olhos de manhã, sentiu que o que estava embaixo dela não era sua cama habitual. Ao ver a janela de vidro com a montanha ao fundo, deu um salto e se pôs de pé. Foi a primeira noite em que se ausentou de casa, a primeira noite em que dormiu num lugar que não sua cama. Ela imaginou o pai rugindo como um leão bravo e já revirando o mundo em busca e inquirição; a mãe, as irmãs, o tio, os tios, as tias e todos os membros da família espalhados pela terra como gafanhotos, procurando por ela e vasculhando.

Andou até o espelho com passos pesados. Quem a visse naquela manhã perceberia que ela dormira com roupas de sair, que o branco de seus olhos estava manchado de um vermelho leve, como aquele que sucede ao choro ou aquele de ficar acordada até tarde, e essa não era sua aparência normal. Ela era uma moça exemplar, suas roupas sempre passadas, o branco dos olhos era limpo, indicava que era uma moça obediente e educada, que dormia na própria cama, que não ficava acordada até tarde nem se preocupava, que não havia chorado uma única vez na vida.

Ela não sabia para onde ir naquela manhã, mas os pés a levaram para a faculdade, como sempre. Viu o pátio lotado de alunos, agitado por um movimento incomum. Ela atravessou a multidão rumo ao necrotério, mas um aluno bloqueou o caminho, dizendo: "Hoje é greve. Não tem aula nem necrotério".

Viu as colegas vindo em sua direção com as malas de couro abarrotadas e as pernas coladas. Uma delas disse: "Vamos logo para casa antes que os transportes parem".

"Vão parar os transportes?", outra perguntou.

"Dizem que os funcionários dos bondes e dos ônibus vão participar da greve", uma delas respondeu.

"Qual o motivo da greve?", uma colega indagou.

Uma das alunas deu um tapinha nas costas dela: "Você é um caso perdido! Não vive neste mundo?".

"Eles são crianças. Daqui a pouco acaba a festa e vão correndo estudar", outra comentou.

"Os estudantes de medicina só se importam com os estudos e a decoreba, diferentes dos estudantes de direito e de letras, lá a greve é verdadeira", disse uma aluna, com sarcasmo.

"Então vamos para lá", disse outra, rindo.

A colega a puxou em direção ao bonde: "Vamos para casa. As provas são só daqui a um mês".

Elas se aglomeraram inclinadas, coladas, e andaram em direção ao bonde com a cabeça curvada para o chão, o olhar submisso, as pernas coladas naquele passo de minhoca rastejante.

Bahiya ficou parada sozinha, olhando de longe para os alunos reunidos em multidão. Tentava identificar entre os rostos aquele incomum, os olhos pretos e azuis capazes de vê-la e de identificar o rosto dela entre os demais. Estava de pé com as costas apoiadas na parede, com a mala de couro abarrotada de livros de anatomia pendurada na mão, os olhos pretos voltados para cima procurando, o nariz elevado e pontiagudo partindo o mundo em dois e os lábios apertados de raiva. Ela não gostava dos alunos de medicina e muito menos quando se aglomeravam. A imagem deles se empurrando dentro do auditório ainda povoava sua mente: os óculos grossos, as costas curvadas, os cotovelos pontudos e os olhos entrecerrados, ávidos por tudo que tem a maciez da carne.

De repente, o mundo tremeu violentamente, como se o estrondo de um terremoto convulsionasse o céu e a terra. Ela percebeu depois de um momento que não se tratava do estrondo de um terremoto, mas do rumor das pessoas, de milhares de gargantas que pronunciavam a uma só voz, no mesmo instante, como o som do céu a trovejar, como milhões de vozes a produzir uma voz gigantesca, que preenchia o universo. Não entrava apenas pelos ouvidos, mas penetrava os poros da pele e invadia todas as aberturas do corpo, feito um gás se espalhando e fluindo como sangue para todas as células.

Depois de alguns minutos, seu corpo se acostumou com o tremor e o rumor. Pela primeira vez na vida, ela ouvia um brado emitido por milhares de gargantas, numa única respiração longa e profunda, na extensão e na largura do céu, forte como o vendaval que arrasta casas e arranca árvores. Seus ouvidos não foram capazes de distinguir as palavras a princípio — devido à enormidade do rumor. Depois, ressoou a palavra "Egito". Não o Egito que ela ouvia da boca do pai, da mãe, de professores e professoras, ou de algum colega, mas o Egito daquele rumor forte e imenso, que preenchia o mundo e sacudia o céu e a terra. Correu-lhe pelo corpo um calafrio, e ela sentiu o movimento dos pelos se arrepiando e o movimento sob as pálpebras, quente e macio, das lágrimas quando se reúnem. Imagens antigas da infância passaram diante de seus olhos, oscilantes como se se movessem por trás da água: o peito quente da mãe sob seu rosto, o cheiro de leite em seu nariz; o aroma do solo e das figueiras no vilarejo da família; a mão grande do pai, segurando a mão dela ao atravessar a rua; o rosto longo e magro da tia, tossindo e cuspindo sangue; os olhos fechados dos irmãos pequenos, dormindo juntos, e as bocas abertas babando no travesseiro; os olhos famintos das crianças ao longo do canal; as filas de doentes no pátio do hospital; e o pranto das mulheres de roupas pretas e empoeiradas, lançando-se sobre os cadáveres que saíam do necrotério.

Ela engoliu as lágrimas e permaneceu de pé; ainda sentia aquele calafrio no corpo, e o enorme rumor ainda ressoava. A manifestação cruzou na sua frente e ela viu rostos que não eram os que via no necrotério, e corpos que não eram os que se acotovelavam dentro do auditório; as feições se tornaram nítidas e afiadas como uma espada, a pele ruborizada, os olhos voltados para o alto, as costas eretas sem se curvarem, as pernas firmes e retas, de músculos fortes, os pés pisando o chão, sacudindo o céu e as árvores.

Ela se encontrou entre eles, era parte deles, do mesmo calor, como um pedaço de um corpo enorme. As feições deles pareciam as dela: pele ruborizada; nariz pontiagudo, partindo o mundo; olhos fixos à frente; cabeça erguida; costas eretas; pernas com músculos fortes; pés pisando firme o chão, sacudindo a terra. A voz dela se soltava sozinha da garganta, forte e enorme, preenchendo o mundo. Com toda a força que tinha, ela gritava: "Egito livre!".

Uma sensação estranha de se dissipar no enorme universo, no corpo infinito estendido, de se tornar parte do todo, de se dissipar em tudo que está ao redor como uma gota d'água no mar e uma partícula de ar na atmosfera, apoderou-se dela. Uma sensação estranha, que deixava um sabor gostoso na boca, e uma felicidade opressora que intoxicava o corpo, como o êxtase que ela sentira no dia anterior, naquele lugar longínquo, entre os braços da montanha. Como o êxtase que sentia quando criança ao ver o deus fictício agarrar algo e, ao abrir a mão, constatar que estava vazia. Como a risada infantil que soltava quando a mãe a pressionava contra si com toda a força e seus corpos quase se tornavam um só.

Um desejo latente no corpo, antigo, desde a infância, desde quando ela passou a ter um corpo próprio separado do universo. Um desejo premente de que seu corpo retornasse ao universo, de se dissipar até a última partícula, de se libertar e se tornar sem corpo, sem peso, como o espírito leve e livre que paira em qualquer lugar a qualquer tempo, sem amarras que o puxem para a terra.

Um desejo de liberdade desmedida e sem limites, que o ser humano só alcança no instante em que se decide pela salvação e elimina aquele fio de cabelo que separa a vida da morte, sem temer a morte. Quando o ser humano vence o medo da morte, torna-se capaz de qualquer coisa na vida, até da própria morte.

Ela sentiu, naquele momento, que podia perfurar o ferro com o próprio corpo, receber tiros no peito e adagas envenenadas e não envenenadas, e que nenhuma força no mundo conseguiria fazer seu corpo cair, nem as pernas pararem de se mover para a frente, nem a voz parar de pronunciar o chamado pela liberdade. Quem olhasse para seu rosto naquele instante veria, no preto dos olhos, a terrível determinação de não voltar atrás; nenhuma força no mundo poderia se insinuar entre ela e sua liberdade.

Ela se tornou, depois dessa decisão, menos tensa, mais relaxada, os músculos não estavam mais rígidos; deixou o corpo se dissipar no universo, movendo-se com ele, harmônico como uma nota numa melodia. Seus passos eram ritmados feito os de um indivíduo numa dança em grupo, sua voz não era um grito, mas um canto, e o universo todo cantava com ela: "Meu país, meu país, meu país, você tem meu amor e meu coração".

A voz lhe saía do peito em respirações cálidas, o coração batia sob as costelas, as entranhas pulsavam, dores antigas e preocupações pesadas deixavam seu corpo a cada respiração e a cada batida. Os olhos lacrimejavam de tanta alegria, as lágrimas escorriam por suas bochechas, entravam pelo nariz e pela boca, então ela as lambia rindo e cantando. Seu canto se fragmentava com o choro e o soluço, mas não se interrompia: "Meu país, meu país, meu país, você tem meu amor...".

E a palavra "amor" se soltou do peito como um pedaço vivo de sua carne, como um punhado quente de seu sangue. Ela enfatizava a palavra com toda a força, com todo o vigor de sua vida, com todo o desejo suprimido de amar e de se libertar como um pássaro livre no céu.

Terá sido o amor o que a tornara capaz de perceber todas essas sensações? Ela entendeu que, sem dúvida, fora o amor. O amor verdadeiro que fazia com que o ser humano fosse capaz de amar tudo e todos; de conseguir abrir os braços e abraçar a terra, o céu e as árvores. Ao abrir os olhos, vê que abraça um único corpo específico: conhece suas feições e seus limites externos de cor, consegue identificá-lo entre os milhões de corpos flutuantes no universo, distingue-o com sua existência própria e seus próprios olhos capazes de vê-lo e reconhecê-lo entre as pessoas.

Momentos como esse pareciam um sonho. Todos os momentos felizes pareciam um sonho. Ela despertou ao som de tiros e se deu conta de que começava a ouvir o som verdadeiro, que fazia com que ela voltasse à realidade de sua vida, para as correntes que a amarravam à terra. À medida que ecoavam os tiros, ela ia despertando para a realidade. Viu alguns alunos caírem no chão, outros seguirem adiante enfrentando os tiros de peito aberto e outros procurando abrigo em casas e lojas.

Ela permaneceu parada no mesmo lugar, feito uma estátua, orgulhosa e de olhos pretos voltados para o alto. Se atirassem na área específica que seu corpo ocupava, cairia morta, imediatamente, mas ela sabia que não morreria contra sua vontade e ainda não desejava a morte. Ela queria chorar; a tristeza era a única verdade em sua vida. Quando ria, ela não ria; quando estava feliz, percebia em suas profundezas longínquas que essa felicidade não era verdadeira, que algo a ameaçava, ameaçava sua vida. Outra vontade a espreitava; a todo momento e em cada canto, aproveitaria a oportunidade de atacá-la, sem que ninguém pudesse salvá-la, nem o pai, nem a mãe, nem os irmãos, nem absolutamente ninguém.

De repente, como se surgisse do meio da terra, ela viu o rosto de Salim. Ele se agachara no chão para carregar um corpo que sangrava. As imagens se esvaneceram diante de seus olhos, restando somente aquele rosto de feições distintas, que atravessava a praça devagar, e em seus braços outro corpo com a cabeça pendurada, o sangue impregnando a camisa branca, escorrendo atrás deles e deixando no asfalto um rastro longo e vermelho.

Como se sonhasse, entre a crença e a descrença, ela permaneceu sentada ao lado da sala de operações no antigo hospital Al-Kasr al-Aini. Diversos acontecimentos se passaram num tempo muito curto, a ponto de não parecerem reais. Contudo, os olhos pretos e azuis de Salim diante dela certificavam sua presença e seu despertar. Quando ele desaparecia na sala ao lado, as coisas ao redor perdiam verdade e existência; quando voltava e os olhos deles se reencontravam, corria pelo corpo dela aquela sensação extraordinária da verdade das coisas, e da verdade de sua presença, e ela percebia que esse momento era a vida verdadeira — os dias e anos anteriores foram apenas sonho ou ilusão.

Ela sentiu na boca o sabor da vida, quente e lancinante, misturado com o cheiro penetrante de éter e tintura de iodo; sentiu um tremor perceptível sob as costelas, um estremecimento da mão ao tocar alguma coisa, das pernas ao ficar de pé ou andar e da vida verdadeira. Uma mistura de medo e coragem, uma sensação de perigo e segurança, de perder a noção de tempo e lugar e adquirir o poder extraordinário da sensação de tempo e lugar. Uma mistura estranha de sensações contraditórias, dissipando-se num único recipiente e em harmonia total, como as cores do espectro.

Ela imaginou que o mundo todo se movia para que essa mistura extraordinária em seu corpo acontecesse. A greve, a manifestação, o rumor, o hino, os tiros, os corpos que caíram, o sangue vermelho que escorreu no chão, a cabeça ferida que ela ajudara a carregar até o carro, a sala de operações, o cheiro de éter e tintura de iodo, os médicos de jaleco branco, as enfermeiras de chapéu branco... tudo isso acontecera para que aquela mistura contraditória se desse em seu corpo.

Quem a olhasse nos olhos naquele momento veria uma tristeza profunda soterrada por uma felicidade estranha e opressora, nítida como um brilho súbito no preto dos olhos, um movimento rápido, uma queimação de ar quente, as respirações de uma criança ofegando ao correr atrás da bola, o esvoaçar das asas de um pássaro sob os raios do sol. Ela escutou a voz de um dos médicos comunicar: "Magdi morreu".

A voz penetrou em seu ouvido como um novo tiro, que desfez o fio de cabelo entre a vigília e o sonho, entre a vida e a morte. Ela soube com certeza que sete alunos haviam morrido, que um número maior deles estava ferido, que alguns foram levados de carro para a prisão e que o Egito não era livre — os grilhões ainda estavam presentes, os olhos das crianças ao longo do canal continuavam famintos, as filas de doentes aguardavam de pé no pátio do hospital, cuspindo sangue, as mulheres de roupas pretas ainda choravam e soluçavam, o pai dela permanecia na sala sentado em sua cadeira de Assiute, e o policial no canto da rua continuava na guarita de madeira, fungando o cheiro de sangue.

Sua cabeça caiu sobre o peito como se dormisse — parecia de fato dormir. Ela despertou com a voz de Salim, que quando a chamava fazia que todas as coisas parecessem um sonho.

"Bahiya."

Ela se pôs de pé num salto à voz do chamado; "Bahiya" excluía todos os nomes e reconhecia o dela, excluía todos os rostos e reconhecia o dela. Com aquele movimento intencional único ele se dirigiu até ela, a voz distinta em seu ouvido: "Bahiya, você está cansada, e suas roupas estão sujas de sangue". Ela olhou para as roupas e viu manchas de sangue no peito e nas mangas, o sangue de Magdi, que alguns minutos antes coagulara nas veias dele. O dr. Fauzi disse: "E você, Salim, sua camisa está toda ensanguentada. Venham conosco até a ala dos médicos. Lá podemos limpar as manchas".

A ala dos médicos ficava no novo Al-Kasr al-Aini; então atravessaram a ponte pequena que separava o hospital antigo do novo. As águas corriam entre os arcos da ponte e havia um pequeno barco com um rapaz e uma moça remando; riam e acenavam para uma mulher na sacada de um dos palácios de Garden City. À porta do hospital havia a multidão habitual, carrinhos ambulantes de laranjas, rostos magros, corpos esqueléticos, mulheres carregando crianças no colo, que tinham rosto de idosos, idosos de corpo pequeno como o de crianças, mulheres com feições de homem, homens com feições de mulher... No asfalto havia cuspe com sangue, fezes de crianças, cachorros sarnentos e famintos, fuçando o lixo espalhado aqui e ali. Ressoou atrás deles a buzina aguda de um carro. Avistaram um carro preto e comprido com quatro rostos gordos em seu interior e oito olhos salientes. Salim sussurrou: "Polícia".

Um homem de rosto pontudo e boca alongada, igual aos de um rato, avançou em direção a eles ordenando: "Venham comigo".

Nenhum deles se moveu, então três homens os cercaram e os conduziram para um carro grande; lá dentro parecia uma caixa fechada e escura, uma cela móvel.

O assento de Bahiya ficava ao lado de uma pequena fissura na parede do carro, feito uma fechadura, através da qual ela via as ruas lotadas de gente, carros e bondes. O Sol já se punha e as luzes das ruas, casas e lojas ficavam difusas. Aquele movimento que acompanha a chegada da noite e a saída das pessoas para passear e se divertir ou trabalhar no turno da noite, ou fazer compras, se intensificava. Um outro mundo que ela avistava através de um pequeno buraco numa caixa fechada, como o mundo encantado que ela via quando criança pelo buraco de uma caixa do mundo,* ou de um saco mágico.

O movimento das ruas e das pessoas diante dela se tornou estranho, separado completamente do mundo no qual ela se encontrava, e que parecia não saber nada de comida, bebida, sono, casas, pais, mães, lojas, pessoas fazendo compras, crianças nascendo, idosos morrendo, ruas cheias de pedestres, bondes andando sobre trilhos. O movimento das pessoas perambulando lhe pareceu descabido e sem sentido; ela imaginou que estavam mortas ou que viviam num mundo letárgico, sem calor nem pulsação. Em sua visão, o mundo das pessoas estava morto e a vida toda, aglomerada e concentrada naquele veículo, naquela caixa fechada, especificamente, naquele assento ocupado pelo corpo magro, de cabeça e feições definidas e exaustas, cheias de preocupações,

---

* Entretenimento muito comum no Cairo até meados do século XX, similar a um cinetoscópio. Tratava-se de uma caixa operada por alguém na frente da qual o público se sentava para assistir a uma história. A caixa tinha um buraco com uma lente, que era coberto por um pano; ao levantá-lo, as pessoas acompanhavam, através do buraco, histórias ilustradas e em movimento.

naqueles olhos profundos com seu poder extraordinário de ver e penetrar a verdade das coisas.

O carro parou e a porta da caixa se abriu. Diversos homens se posicionaram na frente e atrás deles; então entraram com eles num prédio estranho, e ela se encontrou num cômodo apertado e vazio. A porta se fechou, deixando-a sozinha. Seus olhos permaneceram fixos na porta fechada sem verem nada para além dela. Havia um obstáculo grande e sólido de madeira escura e grossa entre ela e Salim, entre ela e sua vida, que a impedia de se mover, que a puxava para longe de sua vontade como faziam os braços grandes da mãe, a voz do pai ao repreendê-la, o barulho do bonde ao rastejar sobre os trilhos, a porta de ferro da faculdade, o necrotério com as mesas de mármore e os pedaços de corpos, as pernas tortas dos alunos, o olhar submisso das alunas e os olhos azuis do dr. Alauí com sua avidez oculta.

Ela batia forte na porta de madeira com o punho, com o pé direito e com o esquerdo; batia na porta grossa e sólida, batia com todo o corpo; retrocedia e colidia contra a parede; retrocedia da parede e colidia contra a porta, como quem bate a cabeça para romper a parede e acaba rompendo a cabeça. No entanto, sua cabeça não se rompeu, nada nela se rompeu. Seu corpo longo estendido no chão ocupava toda a área entre a parede e a porta. Debaixo dela, escorriam finos fios de sangue, sob o nariz e as orelhas, e entre os dedos das mãos e dos pés. O policial abriu a porta, seu nariz farejou sangue, seus olhos olharam furtivos; ela fixou os olhos pretos nos dele, então abaixou a cabeça num movimento de submissão. Como todo policial, ele reagiu com um movimento arrogante, tensionando os músculos das costas e do pescoço; os olhos se esbugalharam como os de um enforcado. Um chicote pendia entre os dedos grossos e rachados do carrasco.

Tudo ao redor dela parecia familiar, como se já tivesse acontecido uma ou duas vezes: ela sentira aquela dor no corpo antes, percebera aquelas manchas vermelhas no chão, até mesmo o policial ela já tinha visto. Os olhos, o nariz, o chicote, a parede, as manchas vermelhas, a porta... tudo se repetia, como se ela soubesse o que aconteceria em seguida.

Ela escondia o papel branco sob o tapete, assim como escondia dos olhos do pai; quando o carcereiro desaparecia, ela tirava o papel e olhava para seus traços distintos. Conhecia seus traços como conhecia suas feições; com aquele forte movimento intencional, mexia o pincel na folha branca, e todas as coisas assumiam formas e cores novas, ou, dito de outro modo, cores verdadeiras. Seus olhos se tornaram capazes de perceber que as folhas das árvores não eram verdes, que o céu não era azul, que a parede não era cinza, tampouco sólida, mas transparente como uma cortina de seda pela qual seu corpo poderia passar facilmente. Sentiu uma força extraordinária, verdadeira e não ilusória, com uma densidade material tangível, os dedos sólidos e flexíveis como borracha; ela não quebraria, apenas se dobraria sob forte pressão. Ela se deu conta de que seu corpo não poderia deixar de viver, de que seu coração permaneceria batendo com aquelas batidas altas como gargalhadas. As coisas passaram a ter cores radiantes, as manchas vermelhas no chão brilhavam e cintilavam como o arco do sol, as estrelas reluziam com uma luz forte como a da Lua, o tom esverdeado das árvores se tornou azul-escuro, cada folha exibia fibras e textura aparentes como dentes pontiagudos, movida pelo ar numa vibração invisível como o movimento do tempo: o passado se tornou presente e futuro, o ontem, o hoje e o amanhã; o tempo, sem tempo. Essa é uma verdade esplêndida que o ser humano só descobre numa cela de prisão.

Essa descoberta, ou percepção, era o verdadeiro motivo daquele êxtase extraordinário que aparecia em seus olhos pretos e fazia seu corpo, que sangrava, dançar com uma agilidade rara ao brincar com o bando de percevejos agitados no tapete de palha. Essa era uma habilidade extraordinária e sem precedentes, que o corpo só adquire quando se livra de sua consciência humana falsa e passa à consciência verdadeira.

Quando o guarda espiou pela porta, ficou surpreso: Bahiya esticava os braços e tocava com os dedos suas veias saltadas e inchadas; quando sentia a circulação do sangue no corpo, ria — pois havia milhares de anos o ser humano tentava, por meio da circulação do sangue no corpo, conhecer a existência. Bahiya encarou o policial com os olhos pretos e teve certeza de que o mundo circulava com a circulação do sangue em seu corpo, e que era essa circulação em específico o que assustava os policiais, paralisando seu pensamento, principalmente se a circulação fosse forte a ponto de a superfície parecer macia e imóvel, como a superfície da Terra, apesar de ser vermelha como o sangue e de fluir lenta e orgulhosa pelas veias azuis sob a pele.

O policial perguntou, num tom afeminado: "Você é Bahiya Chahin?".

Ela respondeu imediatamente, ainda rindo, os olhos voltados para cima com sua arrogância usual: "Não".

O policial a fitou com olhos arregalados: "Você está mentindo?".

Ela riu, estalando os dedos; então ele lhe deu uma bofetada, e um fio fino e vermelho escorreu da boca e do nariz. Contudo, seus olhos pretos permaneceram erguidos e seu nariz exibia aquela elevação pontiaguda que partia em dois o mundo a sua frente. Andando ao lado do policial, suas pernas nas calças pretas pareciam longas, seus músculos firmes, seus ossos sólidos; avançava batendo cada pé com distinção no chão e separava as pernas com confiança. Quando chegou à sala ampla e lotada de corpos, adotou sua posição habitual: mantendo o pé direito no chão, ergueu o pé esquerdo no ar e o apoiou sobre a barreira de madeira que havia entre ela e o oficial sentado atrás de uma pequena escrivaninha. O oficial abriu um caderno grande do tamanho da escrivaninha e sua voz ressoou no quarto: "Bahiya Chahin!".

Para ela, o oficial estava chamando outra pessoa, portanto não respondeu. Ele disse outra vez bem alto: "Bahiya Chahin!".

Ela olhou ao redor, procurando nos rostos alguém que se chamasse Bahiya Chahin. Não reconheceu seu rosto entre as mulheres de pé e as sentadas no chão. Ressoou no ambiente uma longa risada feminina, seguida de gargalhadas, estalos de chiclete e o enxugar de lábios; o cheiro de suor e de putrefação se misturou a um odor penetrante como tintura de iodo. Alguns rostos eram gordos e atochados de carne, outros magricelas e macilentos, pele e osso; devido ao calor, a sombra preta derretera em torno dos olhos, virando um aro preto para os óculos brancos. Os corpos gordos e flácidos balançavam sob os vestidos de seda apertados, revelando saliências, calombos, seios e nádegas; e os corpos magros, sem seios nem nádegas, eram como um pé de milho seco. Pés femininos pequenos assomavam para fora dos chinelos abertos, as unhas longas e vermelhas e os calcanhares rachados e escurecidos pelo barro.

Uma das magricelas perguntou: "Onde está Bahiya Chahin?".

Uma das gorduchas respondeu: "Meu nome é Bahiya Al-Charbatali".

"Seja bem-vinda, irmã."

"Obrigada."

"Quando o Nosso Senhor irá nos perdoar?"

"Nosso Senhor está plenamente satisfeito conosco."

"E o Profeta, irmã?"

"Também, nós somos o modelo de beleza das mulheres."

"Você devolveu o espírito ao meu corpo, irmã."

"Se não fosse por nós, os maridos honrosos morreriam, e as casas respeitosas desmoronariam."

"Mas eles reclamam do nosso cheiro."

"Porque é o cheiro verdadeiro deles."

"E nos enfiam na prisão."

"Porque sabemos como é sua genitália."

"E morrem de medo de nós."

"E morrem de desejo por nós."

Longas risadas e o estalido de chinelos e chicletes ressoaram, e o cheiro penetrante de putrefação se espalhou. O policial bateu com a palma da mão na escrivaninha desbotada como uma mesa de cozinha e gritou bravo: "Caladas, ciganas! Vocês não têm vergonha?".

Uma delas soltou uma longa gargalhada.

"Que vergonha, sargento? Quem tem vergonha morreu."

Ele ergueu a sobrancelha para ela, dizendo: "Nisso você tem razão".

Depois a fitou com olhos ameaçadores, que brilhavam de excitação.

Os lábios de Bahiya se abriram num sorriso, que rapidamente se dissipou ao ver o pai diante dela, como se tivesse surgido do meio da terra. O pai a encarou com um olhar afiado e ameaçador; respondeu às perguntas do oficial, assinou com seu garrancho no registro oficial e pagou a multa de dez libras antes de receber a filha.

Ela entrou no táxi; à direita se sentou o pai e à esquerda, o tio. Fecharam as portas do carro que partiu com ela, como se detida por outra autoridade, similar à polícia. O pai de um lado e o tio do outro eram como dois policiais: os rostos de perfil, rígidos e calados, os olhos pregados adiante, sem se virar na direção dela — exatamente como aqueles policiais estranhos a ela, levando-a para a guilhotina ou para a prisão.

Os homens da família se reuniram ao redor da mesa e engoliram o frango recheado. Depois do almoço, sentaram-se na sala, fumando e limpando os dentes com palitinhos; a barriga de um deles se dilatava acima das coxas como a de uma mulher grávida, e suas nádegas gordas e flácidas preenchiam o grande assento de Assiute. Um deles arrotou com um som alto, depois pigarreou e disse com voz rouca e grave (que não era sua voz verdadeira): "Na minha opinião, devemos tirá-la da universidade. A universidade corrompe os modos das meninas".

"Na minha opinião, devemos casá-la o mais rápido possível, pois o casamento é a fortaleza invencível dos modos das meninas", outro opinou.

"Na minha opinião, devemos fazer as duas coisas, isto é, tirá-la da universidade e casá-la. O noivo já temos", outro concluiu.

Ela estava nas garras do destino, garras de ferro como barras que não dobram; a distância entre uma barra e outra não era suficiente para a cabeça passar. O destino era seu pai. Ele a possuía como possui suas roupas íntimas. Ele podia educá-la ou não, pois era ele quem pagava a faculdade. Podia casá-la ou não, pois era ele quem a representava, apesar de ela não o ter autorizado.

A conspiração contra ela teve início, taciturna e secreta. Bahiya ouvia murmúrios, percebia os olhares e sentia o perigo próximo. E pensava numa maneira de se salvar.

À meia-noite, quando ouviu o ronco do pai, ela se levantou sorrateiramente, vestiu roupas de sair e se sentou na borda da cama, pensando para onde iria. Naquele horário, para onde poderia ir uma moça como ela, aos dezoito anos?

Ela não se sentia uma moça, nem sentia que tinha dezoito anos. Essa idade naquele tempo significava a idade da puberdade, e a puberdade era uma palavra suspeita e nada confiável; assim que ressoava no ar, pais e mães estremeciam com o desejo sexual suprimido, acompanhado de uma careta afiada, e balançavam dedos ameaçadores na cara de filhos e filhas. Os olhos das pessoas os encaravam desconfiados; já os pais e as mães seguiam seus impulsos naturais sem que ninguém desconfiasse deles.

Bahiya sabia que a única explicação que eles dariam para sua fuga de casa seria sexual, apesar de naquele tempo ela não ter nenhuma vontade sexual — sua relação com Salim era outra coisa. Desde aquele dia em que a mãe lhe dera um tapa na mão — ela tinha três anos —, Bahiya se sentia enjoada ao ver a genitália de um menino ou de uma menina. Quando olhava sem querer para a sua no banheiro, desviava rapidamente o olhar. Em outro sentido, ela não se percebia como mulher, e Salim, em sua visão, não era um homem. Ela via nos olhos dele a imagem verdadeira de si mesma, e seu movimento até ele confirmava sua liberdade e vontade. Quando estava com ele, perdia a fome e o apetite sexual e se tornava uma pessoa nova, sem impulsos naturais e sem aquelas excitações conhecidas; sentia um novo apetite, veemente e sem nome. Um apetite de se tornar seu "eu" verdadeiro, de esmagar com sua vontade as outras vontades, rasgar sua certidão de nascimento, mudar de nome, trocar de pai e mãe, pôr o dedo na cara de todos que a enganaram e mentiram para ela — inclusive na cara dela, perfurando os olhos e criando para si mesma olhos novos.

Ela sabia que seus olhos mentiam e escondiam um desejo sexual, mas ela não o fazia por vontade própria. O desejo se contraía sozinho, sem que ela quisesse; ela o sentia deixando-a, como um espírito que parte sozinho do corpo. E, em alguns momentos, quando tinha necessidade dele, tentava chamá-lo — como se conjuram os espíritos —, mas ele não vinha, permanecia afastado, como um espírito que vagueia, pairando sobre sua cabeça, sem jamais se instalar em seu corpo. Ela ainda podia ouvir o grito de sua irmã Fauzi, ver a poça de sangue, de um vermelho intenso, embaixo dela. Todo dia ela esperava sua vez: a porta se abriria e Umm Muhammad entraria com uma lâmina afiada para extirpar aquela coisa pequena entre suas coxas. Contudo, Umm Muhammad morreu e o pai dela se mudou para o Cairo; então a coisa pequena permaneceu em seu corpo.

Às vezes, Bahiya tinha medo dela, pensava que era nociva, que tinha havido um erro ou que fora esquecida em seu corpo. Desejava que Umm Muhammad despertasse da tumba e viesse com sua lâmina; porém a imagem da irmã

Fauzi aparecia diante dela, andando até o banheiro, mancando e gemendo. Depois que a ferida se fechou, ela não corria mais como antes, seus passos se tornaram lentos, suas pernas ficavam coladas quando andava, uma perna mal se separava da outra.

Ela passou a odiar os dias de banho; quando se despia, olhava com ódio para a genitália. Mais do que isso, ela odiava Deus porque havia sido Ele quem a criara. Uma vez, ouviu do pai que foi Deus quem criou nosso corpo e os membros; então certo dia disse para a mãe que odiava Deus. A mãe suspirou e a esbofeteou: "Como pode dizer isso?".

"Ele cria coisas ruins", ela respondeu chorando.

A mãe bateu nela outra vez afirmando: "Deus cria apenas coisas bonitas".

Ela perguntou, enxugando as lágrimas: "Então quem criou aqueles membros ruins?".

A mãe fitou o rosto dela com olhos arregalados e não respondeu. Ela a ouviu aquela noite murmurar no ouvido do pai: "Essa menina não é normal".

Ela ainda não sabia o que era normal e acreditou que o desejo sexual não era normal, então passou a ter aversão quando notava o membro protuberante dos homens debaixo das calças. Sentia vontade de vomitar quando, de pé no bonde, esbarravam o cotovelo em seu peito. Ela os odiava e odiava suas calças, seu membro feio e protuberante, seus olhos pontudos e ávidos, seu cheiro, que era uma mistura de cebola com tabaco, seus bigodes grossos, que pareciam insetos pretos mortos sobre os lábios.

Como sabia que o pai era um homem, seu ódio por ele duplicou. Quando o pai parava de roncar por um momento durante o sono, Bahiya imaginava que ele havia morrido.

Tampouco amava a mãe, ou as mulheres, ou o decote delas, que revelava seios repletos de um desejo suprimido; os olhos pintados de sombra, como os das concubinas, ardiam de luxúria, porém as pernas coladas e o olhar submisso traíam sua frigidez sexual eterna.

Apesar de tudo, diziam que ela estava na puberdade. Se ficava na sacada, desfrutando dos raios do sol, o pai supunha que ela espiava o vizinho careca; quando se atrasava, se distraía, desenhava, pensava, tomava banho ou se olhava no espelho, o único motivo era o homem. Mais tarde, ela entendeu que a cabeça de pais e mães só se ocupa com sexo — assim, imaginam que os filhos e filhas sejam como eles.

Numa grande festa de família — em que tocaram címbalos de dedo e dançarinas balançaram o corpo aos olhos salientes de homens excitados e de barriga cheia de comida e bebida —, eles a venderam para um homem por trezentas libras. Em meio às flores e luzes, seu rosto aparecia pálido ao mundo. A mãe soltava gritos estridentes de alegria com aquela voz aguda que se interrompia perto do fim como um soluço oculto. O pai andava presunçoso com o novo terno; de tempos em tempos, enfiava a mão no bolso interno, onde estava a carteira com o dote. As crianças corriam e brincavam; porém, quando seus olhos fitavam a noiva, tocavam a genitália debaixo da roupa, apreensivos e com medo. Os homens de pernas tortas iam e vinham, prepotentes com sua masculinidade flácida e ávida como o estômago de um doente. As mulheres de vestido brilhante tinham olhos lânguidos cobertos pela nuvem da memória de festas de casamento tristes.

O vestido de seda branco apertado no peito sufocava seus seios, enrolava seu traseiro e as pernas com diversas voltas e dobras como uma mortalha e se arrastava pelo chão numa cauda longa, na qual seus pés tropeçavam e oscilavam sobre saltos altos e finos. Ela andou em direção ao canto dos noivos, cercado de buquês de rosas como o túmulo do soldado desconhecido; as batidas do tambor em seus ouvidos eram lentas e pesadas feito marcha fúnebre. Sua mão pequena e fria estava pousada na mão grande do noivo — seus dedos estranhos em torno dos dela a envolviam como os dedos do destino. Suas pernas sob os tecidos da mortalha se moviam devagar como se andassem em direção a uma catástrofe desconhecida; seus olhos pretos estavam abertos e miravam à frente, fixos em nada no espaço.

Como um tapa forte e agudo, ela ouviu a porta se fechar, fazendo com que todas as vozes e imagens cessassem. Ela se encontrou sentada dentro de um carro que parecia uma viatura policial: à direita um homem — o pai dela — e à esquerda outro homem — o noivo —, os rostos de perfil, tensos, os músculos firmes, os olhos pregados adiante, vigiando-a furtivamente, como os olhos de policiais.

À porta do novo apartamento, o noivo recebeu a custódia do pai, e a propriedade de Bahiya Chahin foi transferida de Muhammad Chahin para Muhammad Iassin. Mas nenhum dos dois homens percebia que ela não era Bahiya Chahin e, por consequência, não podia se tornar Bahiya Iassin.

Ela era a única que sabia. Quando a porta se fechou, ela ergueu os olhos pretos e desafiadores e viu o bigode preto coberto por uma mancha branca da cor do muco, o pelo do peito denso e preto permeado de gotas de suor e a moita de pelos na parte inferior da barriga. Ele deu um pulo na cama como um macaco e ela riu em voz alta, então os olhos dele se arregalaram de surpresa. Ela andou com passos lentos em direção ao guarda-roupa e o abriu. Ela também ficou surpresa: camisola de dormir decotada no peito, nas costas e na barriga; roupas íntimas com babados, filigranas e renda; frascos de perfume; caixas de pó de maquiagem branco, verde, vermelho; pincéis de sobrancelha; chinelos chanfrados com uma rosa vermelha; toalhas de banho; sabonetes; pó de depilação; creme para neutralizar odores; óleos de untar e de massagem.

Os utensílios da mulher para sua vida de casada são todos sexuais. Uma vez que a moça muda da casa do pai para a do esposo, passa, por um poder potente, de criatura assexual — sem membros sexuais — a criatura sexual, que dorme, acorda, come e bebe sexo. Eles pensam, com uma estupidez alarmante, que os membros mutilados pela lâmina podem voltar, ou que o desejo que foi assassinado, morreu e pereceu pode renascer.

Ele sorriu para si mesmo, orgulhoso, percebendo a rejeição da moça virgem e ignorante sobre o homem. Obtendo da ignorância dela a confiança em si mesmo, ficou diante dela nu, ostentando sua masculinidade. Ela riu de novo, então o sangue dele ferveu e, agressivo, atacou-a feito uma fera voraz. Ela o chutou na barriga e ele caiu ao chão. Esfregou os olhos, surpreso, sem acreditar: esse pé forte não podia ser um pé feminino; o pé feminino, conforme ele sabia — por suas experiências com prostitutas —, era pequeno e delicado, e ele conseguia torcê-lo com uma só mão. Já esse pé era sólido e forte como uma bomba.

Disse a si mesmo que a esposa não era uma prostituta e percebeu que a rejeição da virgem aumentava e se intensificava na medida de sua castidade e ignorância sobre o homem. O orgulho dele duplicou ao se certificar de que era o primeiro invasor. Ele se assegurou de que ela não descobriria a fraqueza dele e a atacou ainda mais feroz; ela o chutou com mais força.

Com a mente lenta dos maridos, ele se deu conta de que ela o recusava, então os olhos dele se arregalaram de pânico e ele gritou com raiva: "Como pode me rejeitar?".

Ela respondeu com uma raiva ainda maior: "Não sou uma prostituta".

"Você é minha esposa", ele disse, com voz de proprietário.

"E quem disse isso?"

"Seu pai, o oficial autorizado a nos casar e eu."

"O mais ultrajante acordo da história!", ela replicou com raiva.

Ele a esbofeteou e ela riu. Então, pôde perceber que as pessoas ficam com raiva quando as cobertas de sua genitália são puxadas. Ele estava nu e sua genitália era preta e feia. Ela a fitou com um olhar de aversão.

Ele cobriu sua parte de baixo com o lençol, envergonhado — como uma virgem na noite de núpcias —, por perder a confiança em si mesmo; porém se lembrou de que era homem, e o homem não tinha vergonha. Então, afastou o lençol e olhou para ela, cujos olhos pretos miravam para o alto sem oscilar.

"Você não é uma mulher!", ele exclamou com raiva.

A acusação costumeira que o homem joga na cara da mulher, achando que o chão debaixo dela vai tremer e que nada lhe restará. Pois o que sobra para a mulher — na opinião deles —, se não venerar a genitália do homem?

Ela sacudiu os ombros num movimento de indiferença e replicou: "E quem disse a você que eu era uma mulher?".

"Seu pai me enganou, então", ele retrucou com raiva.

"Você devia pegar seu dinheiro de volta", ela disse, rindo.

"Ele é um caloteiro!"

"Você devia ter examinado a vaca antes de comprá-la."

Ela buscava um escândalo, pois apenas o escândalo a salvaria, faria com que todos a banissem. Ela queria ser banida, tornar-se uma pessoa sem pai nem mãe, nem família que a abrigasse e protegesse; a proteção era, na verdade, o próprio perigo. Era um assalto a sua verdade, uma usurpação de sua vontade e existência.

Ela permaneceu sentada e o viu puxar o lençol sobre si e dormir. Seu ronco se intensificou depois de um tempo — ela constatou que o ronco dos maridos era igual ao dos pais. Saiu, sorrateiramente, na ponta dos pés até a rua. Ao ver os traços do amanhecer vermelho no horizonte, ela se lembrou de que aquela manhã era "a manhã" e que o escândalo aguardava sua família. O pai chegaria farejando o cheiro de sangue, a mãe examinaria o lençol da cama e a camisola de dormir, e os membros da família se espalhariam pela casa do novo casal, procurando em vão por sua honra não existente.

Ela saiu pela rua, vestindo blusa branca e calças pretas. Avançava com passos firmes, separava as pernas com confiança — os passos eram largos e ágeis como os de um jovem esportista, sapatos baixos, sem salto, os cabelos pretos e curtos se espalhavam pelas orelhas e pela nuca, os olhos eram de um preto intenso e estavam elevados, o nariz arrebitado e pontiagudo partia o mundo sem piedade e sem hesitar, os lábios apertados com determinação, feito raiva, ou com raiva, feito determinação. Quando alcançou a rua Al-Kasr al-Aini, se deu conta de que sabia qual era seu destino.

Ela notou uma de suas colegas descendo do bonde, então deu meia-volta e se escondeu atrás do muro; esperou os grupos de alunos e alunas descerem dos bondes e dos ônibus e andarem em direção à faculdade. Quando a rua se acalmou e a faculdade engoliu os alunos e as alunas, ela saiu de trás do muro e contornou a cerca. Olhou para a porta do necrotério através das barras de ferro. Na porta ao lado ainda havia uma plaquinha branca com o nome dela, e a cabeça dos alunos e das alunas se movia atrás das janelas do auditório e do necrotério.

"Bahiya Chahin!"

A voz ressoou detrás dela, fazendo-a estremecer. Virou-se e viu a sua frente o rosto de um de seus colegas. Lembrou-se do nome dele: Rauf Kadri.

"Como vai a faculdade?", ele perguntou.

"Não estou mais na faculdade."

"Você também foi jubilada?"

"Alguém foi jubilado?"

"Quatro foram jubilados, e eu sou o quinto."

"Eu também fui jubilada, mas por outra autoridade."

"São diversas autoridades, mas a expulsão é uma só", ele disse, rindo.

"E o dr. Fauzi?"

"Está no hospital, como de costume."

Ela atravessou a pequena ponte entre o hospital antigo e o novo. Viu através das barras da ponte o barco ornamentado e o rapaz e a moça remando e acenando para a mulher de pé na sacada do palácio. Um carro preto e comprido, como uma viatura de polícia, passou perto dela, seguido de uma ambulância, que com sua sirene estridente cortou a multidão parada diante da porta do hospital — filas de homens de rosto pálido, mulheres de *galabia* preta, crianças com olhos esbugalhados, vendedores de laranja e seus carrinhos ambulantes, e gatos e cachorros correndo de um lado para o outro entre as pilhas de lixo.

Ela entrou no pátio largo do hospital novo, onde estavam enfileirados os carros dos professores da faculdade e dos médicos — como navios atracados no porto ou aviões no aeroporto. As capotas curvadas reluziam sob os raios do sol como aço; as dianteiras eram pontudas e afiadas como a boca de um canhão, e as traseiras, longas e lisas, como a cauda de uma serpente. Ela pisou com firmeza no chão, como se pisasse em todas aquelas caudas lisas e frentes pontudas e afiadas, em todos os professores e médicos com carros reluzentes e compridos, a barriga estufada para a frente, o traseiro flácido para trás, os assentos de couro confortáveis, seus nomes pendurados em placas nas ruas e praças, nos diplomas que prenderam com alfinetes nas costas, e aquele cheiro de sangue e de suor dos doentes que emanava das notas de dinheiro amontoadas em seus bolsos abarrotados.

Ao se dirigir à policlínica, ela notou a cabeça do dr. Fauzi se esticar de trás da fila de corpos magros como esqueletos, um corpo se apoiando no outro, as pernas finas e tortas se sustentando de pé com dificuldade e sustentando a cabeça no pescoço com uma dificuldade ainda maior; os olhos eram fundos e as bocas abertas arfavam, exalando um cheiro pútrido de corpo morto.

Ela cortou caminho em meio aos corpos para alcançar o dr. Fauzi. A palavra "cortou" aqui não é correta, a verdade é que ela mal encostava num desses corpos e ele já cambaleava, apoiando-se na parede ou caindo sobre outro corpo. Os olhos amarelos se voltavam para ela com dificuldade, esforçando-se para encará-la, como se estivessem atrás de uma nuvem ou de outro mundo. Perplexos como num transe, eles se davam conta de que estavam numa fila.

Ela viu o dr. Fauzi sentado no início da fila, o estetoscópio de metal em torno do pescoço feito uma corda de forca. A caneta na mão redigia sobre o papel os nomes de misturas — "ruibarbo e sódio", "ferro e arsênio" —, o suor copioso jorrava da testa dele e sua voz ressoava entre arfadas, estertores e tosses: "Inspire! Segure a respiração! Diga aaah! Diga um, dois, três, quatro! Estenda a mão! Estenda a perna! Levante-se!".

Ao notá-la ali de pé, o dr. Fauzi foi até ela, sorrindo: "Olá, Bahiya, eu quis entrar em contato com você para me assegurar de que estava bem, mas não sabia seu endereço. Você está bem?".

"Não", ela respondeu numa voz calma.

Os olhos deles se encontraram num longo momento de silêncio.

Depois, ela perguntou: "Como está Salim?".

"Ele foi transferido da prisão de Misr para a de Tora."

"E as visitas?"

"Proibidas, até mesmo para a mãe dele."

"Eu ouvi dizer que soltaram alguns alunos."

"Talvez, mas aqueles como Salim não serão soltos agora."

"E quando vão sair?"

"Ninguém sabe. O caso pode se estender por anos."

"Anos?!"

"Muitos anos, ninguém sabe quantos", disse com uma voz triste.

Ela apertou a mão dele com dedos trêmulos e correu para a rua. Viu as pessoas indo para o trabalho ou para casa como em qualquer dia normal, como se nada tivesse acontecido, como se nada grave ocorresse. Contudo, a coisa mais importante havia acontecido, a coisa mais momentosa que poderia acontecer, acontecera, e ninguém sabia, ninguém se importava.

Ela saiu andando pela rua feito uma errante. Quando chegou à cerca da faculdade, viu pelas janelas do necrotério a cabeça dos alunos e das alunas curvada sobre os cadáveres, assim como em qualquer dia normal, como se nada tivesse acontecido. Ela apertou os dentes em fúria e bateu os pés no chão. Que horror era a vida normal depois de um acontecimento tão sério! Quão hediondo era que a vida seguisse indiferente! O céu permanecia suspenso acima dela, a terra estendida abaixo, as nuvens se deslocavam com seu movimento normal e neutro, e as pessoas andavam nas ruas daquele jeito trivial e indiferente. Por que essa futilidade não tinha fim? Ela bateu os pés no chão novamente. Por que esse movimento indiferente não cessa sua rotação esmagadora? Por que as pessoas não paravam por um momento, erguiam a cabeça e reparavam na corrente de ferro enrolada em volta de seu pescoço?

"Bahiya!"

Ela estremeceu ao ouvir a voz vinda de trás. Viu um rosto se esticar pela janela de um carro comprido e preto como uma viatura de polícia. Reconheceu-o imediatamente: era o dr. Alauí. Ele desceu do carro com pressa, veio em sua direção e indagou, ansioso: "Bahiya! Onde você esteve todo esse tempo?".

Ela se calou e não respondeu. Ele a puxou pela mão em direção ao carro.

"Venha comigo, quero falar com você."

Era meio-dia, o Sol estava forte e entrava pela janela do carro; ela sentia o braço quente. Disse a si mesma: "Muitos anos, ninguém sabe quantos". Ergueu os olhos para o céu com um olhar desamparado e perdido numa imensidão sem fronteiras. Esse tempo indefinido, desconhecido, como nossa vida, em que ignoramos o dia em que morreremos e pensamos, de modo ingênuo, que ele nunca virá, ou sentimos com uma ingenuidade ainda maior que ele virá a todo e qualquer momento. Essa tragédia indefinida, infinita, que vivemos e carregamos sobre o corpo como um fardo eterno.

Se lhe dissessem que ele sairia depois de cinco anos, ou dez, ou vinte, talvez se aliviasse a tragédia. Talvez ela conseguisse suportar. Pois a espera é suportável desde que seja determinada: sabemos quando é seu fim e conseguimos delimitá-lo com a ponta da caneta. No entanto, nossa tragédia é viver nas garras de duas linhas paralelas que não se encontram, dentro de duas mandíbulas que não sabemos quando vão se fechar. O segredo da tristeza profunda está em nossas alegrias, e o segredo do contentamento indiferente, em nossas tristezas. Sabemos que enganamos a nós mesmos, que estamos nas garras de outra vontade que não a nossa — uma vontade que, sem dúvida, irá nos destruir, num momento que certamente virá, apenas não sabemos quando.

Com o carro partindo em velocidade máxima, ela sentiu que estava nas garras do destino e que bastaria uma curva malfeita para transformá-la num cadáver destroçado no fundo do Nilo. Ela se virou para ele e se deu conta de que não estava nas garras do destino, mas daquelas mãos grandes que seguravam o volante. Um movimento daquelas mãos bastaria para acabar com o carro.

Ela foi tomada por uma sensação estranha de indiferença: o carro deu uma guinada de repente, quase colidindo com outro, mas ela não se afetou. Aquela era a indiferença verdadeira, quando o ser humano percebe a futilidade da vida não intencional e da morte não determinada, assim como a futilidade de estar amarrado a correntes por um tempo indefinido. A indiferença verdadeira: quando o ser humano se certifica de que sua morte pode acontecer a qualquer momento; então, por que não ser num momento específico e sim em outro?

Ela ouviu a voz do dr. Alauí convidar: "Gostaria de almoçar com você hoje. Aceita?".

Ele perguntou com muita polidez e hesitação, surpreendendo-a. Se ele lhe propusesse naquele momento: "Gostaria de te jogar no fundo do Nilo. Aceita?", ela diria que sim. Mas ele a convidava para almoçar, só isso. O convite para almoçar lhe pareceu insignificante diante do convite à morte, então ela respondeu numa voz lânguida: "Sim".

O carro partiu por uma avenida longa, sombreada por árvores. Ela conhecia apenas algumas partes do Cairo e sentiu que estava num lugar onde nunca havia estado, mas não perguntou nada. Permaneceu calada, usufruindo daquele sentimento confortável de indiferença.

"Por que você saiu da faculdade?", ele perguntou.

"Me casaram", ela respondeu num tom sarcástico.

Ele riu, estendeu a mão e segurou a mão dela.

"Você está brincando?"

"Não estou brincando, é verdade."

Os olhos dele se arregalaram, fingindo surpresa.

"E o que você fez?"

"Eu fugi", ela disse com calma.

"Você será convocada para a Casa da Obediência", ele riu de novo.

Ela riu e virou o rosto para o lado do Sol. Ele observou os olhos pretos e elevados dela, seu nariz arrebitado e pontiagudo e seus lábios apertados.

"E como você vai viver?"

"Vou trabalhar", ela respondeu, balançando o cabelo curto e desgrenhado.

"Vão procurar por você em todo lugar."

"Não vão me encontrar."

"Desaparecer numa cidade como o Cairo é difícil. Além do mais, eles têm muitos olhos, e todas as autoridades estão contra você."

Ela olhou para a rua com um olhar cauteloso e depois se voltou para ele de um jeito inquisidor.

"E você também está contra mim, não é?"

"Eu poderia estar contra você, mas eu te amo", disse, sorrindo.

A frase "eu te amo" soou estranha. Ela abriu os lábios para perguntar: "O que você quer dizer com isso?", mas fechou-os sem falar nada. O carro parou diante da casa pequena rodeada por um jardim. Ele retirou a chave do bolso e abriu a porta. Ela se encontrou numa sala grande com paredes cobertas por papel colorido e cortinas cor-de-rosa; em cima da lareira, havia a estátua de uma mulher negra nua e, na parede, o quadro de uma mulher nua deitada. Ela olhou ao redor, surpresa.

"Eu sofro o dia todo na faculdade, no hospital e na clínica, ansiando por momentos felizes neste meu refúgio", ele disse com um sorriso.

Ele tirou a jaqueta que exalava um cheiro de dinheiro no bolso interno, parecido com o odor do hospital: uma mistura de suor e respirações ofegantes e doentes. Ela moveu a cabeça para o outro lado, então ele lhe deu uma taça, dizendo: "Este é um vinho egípcio chamado Omar Khayam. É o melhor vinho do mundo. O que acha?".

"Não sei, nunca provei nem vinho egípcio nem não egípcio", ela respondeu numa voz lânguida.

Ele olhou em seus olhos pretos e tristes.

"Eu tenho uma filosofia de vida: viver um dia por vez. Não penso no ontem nem no amanhã. E você deveria, a partir de agora, fazer o mesmo."

"Eu tenho outra filosofia", ela replicou com tranquilidade.

"A mulher bonita não precisa de uma filosofia", ele disse, dando uma gargalhada.

Ela não riu. Ele estendeu a mão, pegou a mão dela e a beijou.

"Bahiya, eu te amo. Você não sabe o significado do amor?"

"Não", disse com uma voz que não deixava dúvida.

Ele a envolveu com os braços e apertou o peito contra o dela; Bahiya sentiu as batidas aceleradas de seu coração. Com a mão esquerda ele segurou as mãos dela, e com a direita começou a abrir os botões de sua roupa. Ela o empurrou com um chute, derrubando-o no chão. Ele se levantou e a encarou, atônito. A surpresa dela era maior. Ele se sentou ao lado da lareira, abaixou a cabeça por um instante, depois lamentou: "Parece que me enganei. Achei que você me amava".

"De onde veio essa ideia?", ela indagou, surpresa.

"Eu entendo a mulher", disse, em tom professoral.

"Com qual mente você a entende?"

Então, ele apontou com o dedo para a própria cabeça e disse, sorrindo: "O homem tem apenas uma mente, na cabeça. Eu não ensinei isso a você no necrotério?".

"O necrotério é uma coisa, a verdade é outra", ela respondeu de um jeito sarcástico.

"E qual é a verdade?"

"A mente do homem não está na cabeça."

"E onde está?"

"Entre as pernas!"

"Você não é uma moça normal", disse, vestindo a jaqueta.

"E você é um homem normal", ela replicou, sorrindo.

Ela avançava com passos firmes, orgulhosa. "Você não é uma moça normal", e o que seria uma moça normal na visão deles? A que olha com olhar submisso, anda com as pernas coladas, é obediente e dócil, teve os órgãos sexuais amputados, vive encharcada de óleos e pós perfumados, saturada dia e noite de gemidos de músicas e filmes de sexo, sabe de cor histórias de amor e paixão, mas é incapaz de ter uma experiência; é a casta virtuosa e virgem devotada a se depilar e seduzir o homem.

Ela andava com passos largos e rápidos, olhando para a direita e para a esquerda, examinando o rosto das pessoas. A rua estava lotada, os rostos eram todos parecidos, assim como os movimentos e as vozes, e quando os olhos olhavam para ela, não a viam. Ela sentiu que afundava no mar sem que ninguém a visse nem a distinguisse; seu rosto se tornara como o rosto de Aliya, Zakiya, Naguiya, Ivone.

Correu, sem se dar conta, em direção à Mokattam, seus olhos procuravam na terra, nas árvores e no céu pelos olhos capazes de vê-la, pelo rosto magro de feições exaustas, carregadas de preocupações com as pessoas. Ela chamou em voz alta: "Salim!", mas a montanha engoliu a voz e o eco. Repetiu: "Salim!"; ninguém respondeu, porém ela não deu meia-volta. Percebia que ele estava ali, como o céu, o ar, o Sol, a Lua e as estrelas. Um fenômeno do universo. Ela o respirava a todo instante; ao andar, sentar-se ou dormir, sentia o toque dele em seu corpo; e, ao fitar o céu, via no azul os olhos dele. Em todo arco elevado e pontiagudo, via o nariz dele, e em cada passo que dava ouvia os pés dele. Ela quase se virava para trás para encará-lo, mas não se virava. Sabia que ele não estava ali, que o céu estava vazio dele e a terra, desabitada. O universo era oco como uma caixa vazia, cujo ar foi retirado com uma bomba mágica.

"Bahiya!", a voz dele soou, vinda de trás, e ela estremeceu, mas não encontrou ninguém. Então se recompôs com determinação. Nesse movimento brusco, ela se deu conta de que iria até ele, de que dedicaria a vida para ir até ele. Nada ficaria entre os dois: nem morte, nem tiros, nem sangue escorrendo, nem bisturi afiado que corta a carne, nem porta de ferro alta, nem fechadura.

Avançou com passos rápidos e largos, como quem conhece seu destino, mas parou depois de um tempo. Não sabia para onde ia. Olhou ao redor e viu a cabeça do pai atrás da janela de um táxi, com o tio ao lado e uma terceira cabeça, estranha, que emergiu diante dela através de uma neblina densa. Ela se lembrou da noite do casamento e desapareceu atrás de um muro, ofegante. Então, o táxi com as três cabeças adentrou o mar de carros e foi engolido por ele. Ela saiu de trás do muro e percorreu a rua com as pernas fortes e firmes; conhecia o som de seus passos nos ouvidos, um pé atrás do outro, avançava, desafiando o chão — erguia um pé para o alto e depois deixava que desabasse como se fosse partir o chão — e o mundo todo a seu redor. Ela conseguiria chutar para longe quem se aproximasse, enfiaria os dedos nos olhos de quem a tocasse ou movesse o ar em volta dela e cortaria com o bisturi a barriga de quem se pusesse em seu caminho, matando-o. Sim, matando-o. Ela era capaz, naquele momento, de cometer qualquer assassinato. Na verdade, só um assassinato poderia apagar o fogo que ardia dentro dela.

Eram três da manhã, aquela hora que antecede o aparecimento dos primeiros sinais do amanhecer. A escuridão tomava conta dos becos estreitos de lama, com casas antigas coladas, apoiadas umas nas outras como esqueletos de corpos doentes. As respirações do bairro Al-Dirassa, abarrotado de pessoas em quartos apertados, sopravam pelos vãos das janelas quentes, carregadas de poeira da montanha e cheiro de suor, cebola, kochari* e peixe frito. O bairro, que era agitado de dia como uma colmeia, estava agora absorto no sono de corpos esgotados e acabados, que quase pareciam mortos, o silêncio quebrado apenas de tempos em tempos por um latido de cachorro, um choro de bebê ou um miado de gato.

Àquela hora, o movimento mais intenso era dentro do quarto do porão da casa antiga. A engrenagem da pequena prensa comprimia as letras pretas no papel branco; quando o papel se preenchia, a engrenagem girava e puxava outro, logo preenchido com linhas pretas; então girava novamente e despontava um novo papel branco. Havia três rostos magros, exaustos e pálidos, e seis olhos pregados no movimento circular dos papéis; entre eles, dois olhos pretos miravam para cima numa elevação familiar; seu preto era intenso. O nariz se erguia pontiagudo, partindo o mundo em dois, e os lábios estavam apertados com determinação e raiva.

"Bahiya!", ressoou a voz em seus ouvidos.

Ela olhou ao redor e viu Rauf, enfiando os papéis na mala de couro, e Fauzi, guardando a prensa dentro de um buraco no chão do quarto, que voltou a ser plano e de tábua corrida. A porta de madeira pequena rangeu no silêncio ao se abrir; os três corpos passaram por ela, um depois do outro. Não era possível reconhecê-la entre eles, pois a escuridão ocultava o

---

* Prato popular egípcio; trata-se de uma mistura de macarrão, grão-de-bico, lentilha e arroz, servida com molho de tomate e cebola crocante no topo.

rosto dela e ofuscava os contornos de seu corpo. As pernas dentro das calças tinham músculos fortes e firmes; uma mala de couro abarrotada pendia de seu braço direito.

Na pequena praça, Rauf virou à direita e foi engolido pela rua sombria; Fauzi seguiu em direção à praça grande; e Bahiya andou com passos largos e rápidos até o ônibus parado no ponto. Seu peito subia e descia em respirações ofegantes e ininterruptas; na frente do peito, levava a mala de couro abarrotada, que ela envolvia com os braços como uma mãe com seu bebê. Desceu na estação, sabia o que fazer, sabia onde lançar as letras ardentes na cabeça das pessoas.

"Gente! Acordem, abram as janelas, abram os olhos e vejam as correntes enroladas em volta do pescoço. Abram sua mente e percebam que o suor de sua testa está sendo roubado, suas colheitas pilhadas, sua carne comida. Tudo que resta de vocês são os ossos, grandes esqueletos aglomerados em filas, um se apoiando no outro, as respirações quebradas por tosses descontínuas e o sangue vermelho, escorrendo de feridas profundas no peito."

Ela lançava letras e palavras nos rostos e voltava com a mala vazia, aliviada do fardo, saltitando com a mala pelas ruas; feito um pássaro, cantarolava para si mesma uma canção antiga e, como o movimento de crianças felizes pela volta da escola, girava a mala vazia, arremessava-a no ar e depois a pegava. Ela notou um homem de olhos bisbilhoteiros vindo em sua direção com um andar cauteloso. Olhou de relance para ele e, quando sentiu que ele a seguia, pegou outro caminho, despistando-o. Ela virou na rua larga e a multidão a engoliu como um oceano; ela pôde andar pela rua com os olhos erguidos. Observava as pessoas dando voltas no moinho de sua vida cotidiana para pagar as contas, o bonde que, com seus degraus inclinados sob os corpos, retinia, gritando por causa do fardo, as rodas de ferro giravam, abrindo a boca para qualquer pé que tropeçasse. Na calçada, uma idosa cega sentada estendia a mão cheia de veias; crianças observavam o mundo com olhos amarelos e abriam a boca para qualquer migalha que recebessem. Pelas janelas do bonde e do ônibus ela notava as cabeças parecidas, os pescoços enforcados pelas gravatas, os olhos salientes e amedrontados, os murmúrios baixos de versículos do Trono e das sopradoras dos nós.* De tempos em tempos, um carro comprido e preto, como viatura de polícia, passava acelerado e, através do vidro reluzente, ela via os rostos carnudos com olhos estreitos e furtivos.

Ao cair da noite, ela voltou com os passos largos e rápidos para o pequeno quarto na laje; ouvia sua respiração ofegante como um soluço intermitente, fios de suor corriam por seu rosto e pelas axilas. Fechou a porta com a barra de ferro, trancou a janela e se estendeu na cama de ferro pequena, fitando a escuridão. Diante dela, surgiu o rosto magro e exausto, os olhos pretos e azuis capazes de vê-la. Ela chamou em voz baixa: "Salim!", mas ninguém respondeu. Percebeu que estava sozinha, então se levantou e puxou o quadro de sob a cama, apoiou-o na parede, envolveu os dedos em torno do pincel e o apertou contra a tela. Ela sentiu com esse gesto um prazer misterioso, que se estendeu dos dedos até o braço, o pescoço e a cabeça, como se atravessasse um fio elétrico esticado.

---

* Trata-se de uma espécie de bruxaria árabe, em que mulheres amarram nós em cordas e sopram sobre eles para lançar feitiços. Está no quarto versículo da sura *Al-Falaq* (Sura da Alvorada).

Quem a visse sentada na escuridão naquele momento ficaria surpreso. Os músculos de seu corpo estavam firmes, parecia crucificada; os olhos pretos fixos em seus desenhos; a cabeça fixa sobre o pescoço; os braços e dedos fixos em torno do pincel; as pernas e pés fixos como os de uma estátua de granito.

Quanto tempo passaria nesse estado? Ninguém saberia dizer. Talvez ficasse a noite toda sentada sem se mover, sem adicionar nenhum traço ao quadro. Mas seus olhos não se desviavam; ela revivia sua vida, testemunhava os momentos que passavam diante de seus olhos, um após o outro, como num filme.

Perto do amanhecer, ela estendeu a mão com o pincel, moveu-a no quadro, mudou seus traços e criou em sua vida outros momentos, novos, que ela inventava por vontade própria com aquele movimento intencional, em qualquer direção e em todas as direções, um movimento forte e livre. Com ele, destruía as outras vontades e criava por conta própria os traços de sua vida, a forma de suas feições — fazia os olhos mais pretos, o nariz mais pontiagudo e elevado e os lábios, apertados com raiva e determinação, mais fortes.

Quando se sentiu cansada, deixou o corpo cair, estirando-se na cama de ferro. Tremia de frio sob a única coberta surrada, que puxou sobre a cabeça e em torno dos pés gelados. Rangia os dentes, com um som ininterrupto fraco, feito um filhote de passarinho recém-nascido que caiu do ninho da mãe na terra descampada, tremendo frenético, seus olhos pequenos lacrimejantes, brilhando na escuridão com o olhar do órfão amedrontado.

Uma lágrima quente correu do canto do olho para o travesseiro. Ela sentiu sua umidade morna na bochecha e tirou a cabeça de debaixo da coberta para ver a mãe, o rosto longo e magro como o dela, os olhos pretos e largos e o peito de calor generoso. Ela enterrou a cabeça no peito da mãe para cheirá-lo; procurava no corpo dela uma fresta ou cavidade que a abarcasse, na qual se esconderia longe do mundo, longe das forças que estavam à espreita. Ela se encolhia como um feto seguro, e um anseio incomum e violento de proteção sacudia seu corpo, um anseio de se enrolar dentro do útero, dentro do resguardo e do silêncio, sem nenhum som nem movimento. Os braços grandes da mãe a envolveram com uma força extraordinária, puxando-a contra si de novo, e com toda a força ela tentava fazer dos dois corpos uma coisa só — em vão, pois a separação eterna ocorrera num momento que passou e não voltará.

"Bahiya!", ressoou a voz em seus ouvidos e ela abriu os olhos, mas não encontrou ninguém. A luz do sol penetrava pela persiana carcomida da janela. Ela ouviu as batidas lentas que chegavam toda manhã de trás da porta e viu o xeique idoso com seu turbante e cafetã, os olhos cinza cujo preto se diluiu no branco, os dedos grossos e morenos em torno da *masbaha** amarela, que ele movia com pressa e sistematicamente com um tremor constante, análogo a outro tremor nos lábios finos e amarelos, que sibilavam e sussurravam, invocando com palavras fragmentárias, das quais se ouvia apenas a letra "s" longa e estendida, como um assobio que acompanhava a inalação e a exalação.

Quando ele a viu, a abertura entre os lábios secos se alargou, deixando ver as pontas de seus dentes amarelos corroídos.

---

* Colar de contas da religião islâmica similar a um rosário. Além de ser usado para atos de devoção, também é comum mantê-lo nas mãos como forma de cumplicidade religiosa.

Murmurou numa voz que parecia sibilo de cobra dormindo: "Você já acordou?".

"Não", ela respondeu, irritada, e fechou a porta.

Ouviu a respiração dele sibilando atrás da porta. Eram grunhidos fracos, de um idoso cujos pulmões foram arruinados pelo fumo. Ele exauriu a vida na cama de quatro esposas frígidas e castas, que pariram diversos filhos e filhas — metade morreu e metade se casou. De suas esposas, restou com ele apenas uma mulher idosa que se apoiava nas paredes, lhe fazia chá preto e preparava o narguilé no fim da tarde. Na cama de madeira desbotada, ele se deitava perto dela e enfiava os dedos grossos entre seus seios flácidos; os corpos magros balançavam debilitados, e à respiração fria e estagnada se unia um sopro morno e inaudível, que logo desaparecia como o último ruído de morte, deixando-os na cama de madeira antiga como dois cadáveres rígidos.

Ela embrulhou o quadro, passou sorrateiramente pela porta pequena de madeira com seu corpo longo e magro e as pernas firmes dentro das calças. Ela andava com liberdade, um pé avançava atrás do outro, e uma perna se separava da outra com uma distância grande e visível. Os olhos dos homens do bairro a fitavam das lojas, e os olhos das mulheres pelas frestas das portas e das janelas. Seria uma mulher ou um homem? Se não fosse pelos pequenos peitos salientes sob a blusa, jurariam que era um homem. Mas ela ainda era uma mulher, então ficar encarando era permissível, e seu corpo era um espólio para olhos famintos e carecidos, que a encaravam enquanto murmuravam entre si. Um deles se atreveu a rir alto com um tom obsceno; outro fez um comentário ofensivo; as crianças do bairro tomaram coragem para correr atrás dela, balançando os traseiros; os meninos, mostrando o sexo; e outro pôs a mão na boca soltando um assobio longo. Os homens sentados nos cafés gargalhavam com voz rouca, batiam nas coxas uns dos outros com as palmas ásperas e rachadas como terra seca. As mulheres batiam nos peitos frouxos detrás das janelas, gemendo com aquela rouquidão feminina eternamente reprimida: "Olha a gringa!".

Ela cortou caminho entre os olhares, o barulho e os comentários ofensivos. Ergueu os olhos pretos e apertou os lábios enraivecida, desafiando o destino. Quando seu corpo desapareceu na rua larga, o bairro voltou à vida normal: ouviam-se batidas de ferro da oficina do funileiro, tinidos de copos e gamão nos cafés, berros de crianças, brigas de mulheres detrás das fendas e vozes roucas de homens fazendo o juramento mais solene de se divorciar três vezes.* Sentia-se o cheiro de peixe frito, faláfel e kochari. As contas da *masbaha* dançavam entre os dedos do xeique idoso — no tapete de oração diante da janela —, que, ao curvar o corpo e tocar a lã do tapete, era tomado por um desejo suprimido e esticava os olhos deteriorados para o bairro à espreita de qualquer corpo rechonchudo.

Ao alcançar a rua larga, ela sentiu o ar frio nas bochechas quentes como um tapa repentino. Os músculos do rosto se contraíram e aquela sensação estranha de estar perto do perigo correu por seu corpo. Ela olhou de soslaio para o policial parado ali, depois entrou na pequena loja. Desembrulhou o quadro e o homem idoso sorriu como de costume ao contemplar seus desenhos. Ele enfiou a mão cheia de veias no

---

* Segundo o costume islâmico, os homens tradicionalmente podiam se divorciar simplesmente proferindo o divórcio três vezes.

bolso, tirou três libras, contou-as uma por uma e entregou a ela, contando-as de novo.

Ao voltar para a rua, ela percebeu imediatamente que dois olhos a observavam e dois pés a seguiam. O cheiro da padaria penetrou em seu nariz e ela entrou e devorou um pedaço do bolo de que gostava. Parou diante do caixa para pagar e notou os olhos estreitos atrás dela, no espelho do lado oposto. Saiu para a rua. Moveu a mão para chamar um táxi e olhou de relance para o relógio no punho. O táxi parou a sua frente e ela subiu. No beco, virou-se para trás e viu os olhos estreitos dentro de um táxi atrás dela. Desceu na praça Al-Attaba. Sabia que Rauf e Fauzi a esperavam naquele porão, mas não foi até lá. Continuou a dar voltas na rua Al-Muski, observando as mulheres e as meninas, que andavam com pernas gordas coladas, tumultuando a rua com seu corpo e seu traseiro salientes debaixo do vestido brilhante; seus olhos com sombra fitavam as vitrines com olhares frenéticos e avidez por roupas, camisolas de dormir decotadas, sandálias abertas, maquiagem, perfumes e óleos para o corpo; as vozes agudas ressoavam de dentro das lojas, acompanhadas de estouros de chicletes, gemidos de admiração com os modelos novos e ruídos de saltos altos e pontudos sob corpos carregados de tecidos de toda cor e tipo.

Bahiya apertou os lábios com raiva, pois o desejo ávido de consumir era uma compensação pela privação eterna. Por baixo dos olhos ardentes de luxúria, havia a frieza do gelo. Sob os cabelos ondulados como seda, jazia um cérebro macio como de coelho, que sobre a vida só sabe de comida e procriação.

Voltou à rua larga quando o Sol começou a se pôr. O céu, a terra, as casas e as árvores eram tingidos de um vermelho mais desbotado a cada instante, como um rosto que perdia o sangue numa morte longa e lenta. Em seguida, acenderam-se as luzes da rua, e centenas de círculos de luz branca refletiram no asfalto, nas vitrines das lojas, nas janelas dos carros e nos rostos — tudo reluzia na luz branca. Ouviu uma risada suave e viu uma moça de braços dados com um jovem que a abraçava. Ela sorriu para eles e uma sensação súbita de vigor correu por seu corpo exausto. Então ela encheu o peito com o ar fresco da noite. Seus olhos brilhavam como um diamante ao observar, com a alegria das crianças, as luminárias penduradas em cima das lojas, como balões coloridos, os carros correndo no asfalto lustroso, os vidros das janelas reluzindo como espelhos, as pessoas com roupas cintilantes movendo-se na luz branca como um bando de gazelas. Uma criança soltou um fogo de artifício pequeno que se dispersou no ar como milhões de partículas brilhantes e coloridas.

Ela ouviu a voz de sua risada ressoar em seus ouvidos como quando era criança e quase deu pulinhos, mas viu os olhos estreitos a sua frente. Ela se voltou e viu outros dois olhos que a vigiavam. Virou à direita, na rua lateral, e se deparou com dois olhos bloqueando seu caminho. Correu para a travessa do lado esquerdo e apareceu-lhe, da escuridão, o corpo de um policial gordo com seus botões brilhantes e a arma pontuda pendurada no cinto de couro.

Ela parou. Olhou ao redor com um movimento ágil. Aquele movimento que a pessoa faz quando é ameaçada por forças conhecidas e desconhecidas que estão à espreita, à espera de uma oportunidade de acabar com ela. Aquele movimento ágil dos olhos, em todas as direções, procurando a mão que atacaria por trás, pela frente, pela esquerda ou pela direita, e aquele movimento incansável na cabeça, onde toda célula se move e pensa em como se salvar do perigo iminente, como proteger o corpo dos ataques, como levá-lo para longe com cuidado. A contração cautelosa dos músculos, a batida inquieta no peito, a pulsação do sangue que sobe e desce, aquele movimento eternamente ágil e regular, a batida da inquietude e com ela a batida da sensação da vida.

Seus dedos longos e finos tremiam de forma rápida e imperceptível, seus pés estavam fixos no chão, os contornos de seu corpo firmes. Era aquela firmeza forte, a firmeza do chão sob os pés, porém debaixo dessa firmeza acontecia um movimento ágil e tangível, como as vibrações do ar no ouvido e as vibrações do sangue nas paredes das veias, uma vibração veloz que, de fora, parecia inerte. Contudo, sob essa inércia, escondia-se um movimento violento e assustador, o movimento de disputa entre resistir e se render, o único que faz o ser humano perceber a diferença entre a vida e a morte. Um momento terrível: na mesma medida em que ela o temia, era cativada por ele e, na mesma medida em que fugia dele, ansiava por ele, pois era o único momento em que sentia que estava viva e que era verdadeira. A sensação da vida só acontece no confronto com a morte — como o branco que só é branco em contraste com o preto.

Seus lábios esboçaram um sorriso e seus olhos brilharam com um clarão, pois esse momento era o objetivo dela, ela o desejara desde o início, e andava em sua direção com firmeza e determinação. Ela sabia que caminhava para o perigo. O limite era aquela distância mínima, que não era maior do que um pé; suspensa no espaço, acima dela estava o céu e abaixo o abismo insondável. O ser humano se equilibrava entre duas forças terríveis, uma que o puxa para o abismo e outra que o puxa para que se solte no céu.

Ela tinha certeza de que não cairia no abismo, não se renderia. Ela não seria Bahiya Chahin e não voltaria para os rostos comuns, não se afogaria no mar de corpos semelhantes nem cairia no túmulo dos dias banais.

Ergueu os olhos pretos, contraiu os músculos das costas e das pernas e avançou em direção a eles com passos largos, batendo cada pé com distinção no chão, separando as pernas com confiança e liberdade. Quando ficou cara a cara com eles, disse com voz calma e confiante: "Vamos".

Um deles avançou em direção a ela, pôs as algemas em torno de seus pulsos e trancou com a chave, que depois guardou no bolso. Ela andou à frente deles com passos rápidos, seus olhos precediam os pés, procuravam pelo rosto magro de feições exaustas, carregadas de preocupações com as pessoas, pelos olhos capazes de identificar seu rosto e resgatar seu corpo de entre milhões de corpos flutuantes no universo.

Quando o viu a sua frente, gritou com uma voz de alegria, como a de uma criança: "Salim!".

Ela tentou estender os braços para envolvê-lo, mas eles não se estenderam. As mãos dela apenas tremeram nas algemas de ferro trancadas.

Dados Internacionais de Catalogação na Publicação (CIP)

S124d
Saadawi, Nawal [1931–2021]
Duas mulheres em uma / Nawal El-Saadawi
Tradução: Beatriz Negreiros Gemignani
Rio de Janeiro: Tabla, 2025
128 p.

Tradução de *Imra'atan fi imra'a*
Tradução do original em árabe

ISBN: 978-65-86824-91-9

1. Ficção árabe – Egito 2. Mulheres – Países árabes – Ficção I. Gemignani, Beatriz Negreiros II. Título.

CDD 892.736

Roberta Maria de O. V. da Costa, bibliotecária, CRB-7 5587

Título original: امرأتان في امرأة / Imra'atan fi imra'a

A primeira edição deste livro no original em árabe
foi publicada no Cairo em 1968.

Edição LAURA DI PIETRO
Preparação SILVIA MASSIMINI FELIX
Revisão ISABEL JORGE CURY e GABRIELLY ALICE DA SILVA
Projeto gráfico BLOCO GRÁFICO
Assistente de design LÍVIA TAKEMURA

Ilustrações da capa ANASTASIIA HEVKO/SHUTTERSTOCK

A publicação deste livro recebeu o apoio
do Acervo África (www.acervoafrica.org.br).

Editora Roça Nova Ltda.
+55 21 997860747
editora@editoratabla.com.br
www.editoratabla.com.br

Composto nas fontes Okaso e GT Sectra
e impresso em papel Pólen bold 90 g/m^2
pela gráfica Leograf em março de 2025.